KB078497

마도신화전기

동은 퓨전 판타지 소설

FUSION FANTASTIC STORY

Myth of Magic power

마도신화전기 7

동은 퓨전 판타지 소설

초판 1쇄 찍은 날 § 2015년 5월 13일
초판 1쇄 펴낸 날 § 2015년 5월 20일

지은이 § 동은
펴낸이 § 서경석

편집부장 § 권태완
편집책임 § 이창진

펴낸곳 § 도서출판 청어람
등록번호 § 제387-1999-000006호
등록일자 § 1999. 5. 31
어람번호 § 제1-2126호

주소 § 경기도 부천시 원미구 부일로 483번길 40 서경B/D 3F (우) 420-822
전화 § 032-656-4452 팩스 § 032-656-4453
http://www.chungeoram.com
E-mail § chungeorambook@daum.net

ISBN 979-11-04-90233-8 04810
ISBN 979-11-04-90039-6 (세트)

마도신화전기

7

동은 퓨전 판타지 소설

FUSION FANTASTIC STORY

도서출판 청어람

마도신화전기

Myth of Magic power

CONTENTS

Chapter 1. 소년의 의지

곤과 헤즐러는 저택 뒤쪽에 있는 연무장에 섰다.

그리 넓지 않은 연무장이었다. 대략 서른 명 정도가 한꺼번에 훈련을 한다면 조금 비좁은 넓이. 그동안 관리를 하지 못했던지 바닥을 뚫고 곳곳에 잡초가 자라 있었다.

곤은 목검을, 헤즐러는 진검을 들었다.

저택에 있던 사람들은 모두 밖으로 나와 연무장 주변에서 그들을 지켜봤다.

"저, 저래도 되겠소?"

스톤은 안드리안에게 물었다. 스톤이 보기에 곤을 제외하고는 안드리안이 이들의 리더였다. 아니, 곤이 안드리안의 의견을 구할 때가 많은 것으로 보아 그녀가 리더일 가능성이 높았다.

그는 이미 반백 년을 넘게 살았다. 젊었을 적에는 큰 꿈을 품고 대륙을 횡단하기도 했다. 그런 젊었을 적의 경험은 피가 되고 살이 되었다.

당연히 눈치가 없지는 않았다.

응접실 안에서 곤이 보여주었던 압도적인 투기는 그가 살아오면서 만났던 그 누구보다 강력했다.

그 말은…….

칠살의 기사들보다 강할 수도 있다는 것을 뜻했다. 칠살의 우두머리인 케논도 그 정도로 강력한 투기를 내뿜지는 못했으니까.

저렇게 젊은 나이에, 그토록 강한 투기를 내뿜을 수 있다니.

하지만 투기와 살기는 자칫 사람을 상하게 할 수도 있었다. 잘못하면 영주의 마지막 남은 핏줄인 헤즐러가 크게 다칠 수도 있었다.

그렇기에 안드리안에게 묻는 것이다.

"걱정 마세요."

"내가 걱정을 안 하게 생겼소? 저분은 켈리온 남작 가문의 마지막 핏줄이란 말이오."

"정말로 걱정하지 마세요. 곤은 아이들을 가르치는 데 일가견이 있어요."

"누가 아이를 가르친다고요?"

"곤이요."

"곤이 아이들을 가르쳐?"

"그렇다니까요. 그것도 확실하게, 아주 잘 가르쳐요."

안드리안은 곤에게 어떤 생활을 하면서 지냈는지 여러 가지를 들어서 잘 알고 있었다. 그가 가끔 코일코와 아이들을 가르칠 때를 설명할 때는 눈을 빛내면서 즐거워하기도 했다.

비록 코일코가 죽으면서 그의 성격이 얼음보다 차갑게 변하기는 했지만 본래 그는 선생을 해도 될 만큼 아이들을 좋아했다.

어쩌면 헤즐러라는 아이를 신경 쓰는 이유도 코일코에 대한 죄책감 때문인지도 몰랐다.

하지만 그런 곤의 과거까지 스톤에게 설명할 필요는 없었다.

반면 스톤은 믿을 수 없다는 듯이 고개를 돌려 곤을 바라봤다. 저토록 냉혹한 사내가?

그로서는 당연한 일이었다. 풀풀 풍기는 냉기로 봐서는 성정이 무척이나 잔혹하게 보이니까.

“시작하네요. 걱정하지 말고 보세요.”

안드리안은 곤과 헤즐러를 바라봤다.

스톤과 에리크는 걱정되는 표정으로 헤즐러를 바라볼 수밖에 없었다.

곤은 진검을 들고 있는 헤즐러를 바라봤다. 비록 쇼트 소드이지만 헤즐러에게는 무거운 모양이었다. 얼마 들고 있지도 않았는데 이마에서 땀방울이 송골송골 맺혔다.

열한 살이라고 했던가.

헤즐러는 분명 검을 잡아본 적이 있었다. 어설프게나마 기본 자세를 잡고 있으니까.

하지만 그것뿐이었다. 칭찬을 해줄 구석은 하나도 없었다. 아마도 허투루 검술을 배웠을 것이다. 아니면 률란이 너무 귀여워만 하면서 제대로 가르치지 않았든지.

하긴 률란의 입장에서도 자신과 켈리온 남작이 이토록 허무하게 세상을 떠날 줄은 예상하지 못했을 것이다. 저렇게 눈에 넣어도 아프지 않을 아이를 두고서.

곤은 기다렸다.

10분이 지났다.

검을 들고 있던 헤즐러의 팔이 점점 밑으로 처졌다. 소년의 팔이 미세하게 떨리고 있었다.

아마도 자신의 의지가 약하지 않다는 것을 보여주기 위해서 이를 악물고 참고 있으리라.

그러나 아직 멀었다.

20분이 지났다.

헤즐러의 검은 거의 바닥에 닿을 지경이었다. 미세하게 떨리던 팔은 보란 듯이 파들파들 떨렸다. '나 이렇게 아프니까 그만 고통을 줘' 라고 얘기하고 있는 듯했다.

겨우 이 정도 가지고?

"흥."

곤은 콧방귀를 끼었다.

소년은 이렇게 생각할 것이다. '이 정도면 됐잖아. 나는 어리다고. 이 정도면 충분히 칭찬받아 마땅하다고. 그러니 어서 시작을 외치든지, 장하다고 얘기해 달란 말이야' 라고.

어림도 없는 소리였다.

그런 식으로 끝내려면 시작도 하지 않았다. 우선 뜯어고쳐야 할 것은 소년의 어리광이었다. 소년은 세상에 대해서 아무것도 모른다.

사랑만 받고 자라왔기 때문이었다.

그렇기에 아이는 사랑을 줄 수 있지만, 쓴맛은 삼키지 못했다. 조금만 괴로워도 울음부터 터뜨린다. 잘못된 이유를 알아내기보다는 응석을 부려 혼낸 이의 기분을 먼저 풀어주려고 한다.

세상이 평화롭다면, 전쟁이 없다면 저란 아이는 충분히 사랑받을 자격이 있을 것이다.

하지만 소년이 처한 상황은 매우 좋지 않았다. 예전처럼 살고 싶다면 그가 가진 장점을 모조리 버려야 했다.

30분이 지났다.

헤즐러가 들고 있던 쇼트 소드가 바닥에 완전히 닿았다. 소년의 이마에서는 비 오듯이 땀이 흘러내렸다. 바닥이 흥건하게 젖을 정도였다.

그러나…….

아이의 눈빛이 조금씩 바뀌기 시작했다. '나를 봐줘' 에서 '내가 왜' 로. '나를 보듬어줘' 에서 '네가 뭔데 나를' 로.

독기가 생겨난 것이다.

곤의 입술이 아주 짧은 순간, 옆게 퍼졌다.

이것이다.

곤이 바라던 소년의 마음가짐. 소년이 살아가야 세상은 결코 호락호락하지 않다는 것을 보여줘야 했다.

그래도… 아직 멀었다.

40분이 지났다.

어느덧 헤즐러의 몸에서는 땀도 나오지 않았다. 탈수증상에 이르렀으리라.

입안이 바짝바짝 마르고, 몸의 고통보다 수분에 대한 갈증이 더욱 심할 것이다.

50분이 지났다.

헤즐러는 비틀거렸다.

이제는 정신력으로 버텼다. 소년의 머릿속에는 가문이고, 아버지고, 가보고, 노기사들이고, 메이드들이고 모두 사라졌을 것이다.

이제 그의 머릿속에 남은 것은 분노와 적의. '당신 따위에게 결코 지지 않겠어' 라는 고집이 자리 잡고 있었다.

당연한 말이지만 그 분노는 오로지 곤에게만 향한다.

어느덧, 한 시간이 지났다.

금방이라도 쓰러질 것 같았던 헤즐러의 흐릿했던 눈빛이 살아났다. 대신의 소년의 눈빛을 채운 것은 더욱 강한 독기였다.

"후욱후욱."

헤즐러의 입에서 거친 숨이 쉬어졌다. 소년은 이를 악물고 검을 들어 올렸다. 번개에 맞은 것처럼 소년의 팔은 바들바들 떨리지만 그 위치는 분명 처음과도 같았다.

'자, 어때? 어서 덤벼' 라고 말을 하는 듯했다.

"이제야 겨우 나와 맞설 준비가 되었구나."

곤은 처음 그 자세를 한 번도 흐트러뜨리지 않은 채 말했다.

"준비가 됐으면 덤벼봐."

"으아아아악!"

말이 끝나기가 무섭게 헤즐러는 곤을 향해서 덤벼들었다. 그 기세는 사뭇 강렬했다. 평범한, 검을 제대로 잡아보지도 못한 소년이 낼 수 있는 성질의 것이 아니었다.

문제는 소년의 체력이 예전에 고갈되었다는 것.

곤을 향해서 달리던 헤즐러는 다리가 꼬이며 앞으로 넘어지고 말았다. 얼굴부터 넘어지며 바닥에 쭈욱 하고 긁혔다. 다리에 힘이 남아 있었다면 이토록 위험하게 넘어지지는 않았을 것이다.

놀란 노기사들이 급히 연무장으로 올라오려고 했다. 곤은 손을 내밀어 오지 말라는 제스처를 보였다. 노기사들이 온갖 인상을 쓰며 연무장을 내려갔다.

바닥에 얼굴을 묻은 헤즐러의 등이 심하게 들썩거렸다.

"으흐흐흑, 으흐흐흐흑."

이제까지 헤즐러가 흘렸던 눈물이 아니었다. 가슴 속 깊은 곳에 뭉쳐 있던 한(恨), 그것이었다.

곤은 쓰러져서 울고 있던 헤즐러를 안았다. 소년은 얼굴을 가린 채 가만히 있었다. 이를 악물고 울음을 참을 뿐이었다.

"너는 무엇을 느꼈느냐."

곤은 담담히 물었다.

"…분합니다."

소년은 대답했다.

"그래, 그 마음을 절대로 잊지 말도록."

곤은 헤즐러를 데리고 저택으로 걸음을 옮겼다. 지금까지 숨을 죽이고 지켜보던 모든 사람이 곤의 뒤를 쫓았다.

약한 자가 강해지기 위한 첫째 조건, 그것은 자신이 얼마나 나약한지 아는 것이었다.

* * *

모두가 입맛이 없었다. 아리안과 바넬이 무리해서 썩 괜찮은 음식을 내왔지만 곤을 제외한 일행은 제대로 먹지 못했다. 어쩐지 어린아이에게 몹쓸 짓을 했다는 느낌이랄까.

노기사들은 '내일 뵙죠' 라는 말을 남기고 자식들을 데리고 숙소로 돌아갔다.

숙소라고 해서 먼 것은 아니었다. 상황이 상황인 만큼 저택 1층에서 그들을 기거를 하고 있었다.

음식을 치운 아리안과 바넬은 혼자 남아 있는 헤즐러를 돌본다면서 2층으로 올라갔다.

집사 텐디가 남았지만, 자신이 남아 있을 분위기가 아님을 알고 조심스럽게 자리를 떴다.

남은 자들은 곤 일행뿐이었다.

그들의 앞에는 아리안과 바넬이 여독을 풀라면서 가져다 준 약간의 술과 음식들이 남아 있었다.

"아직 아이인데, 그렇게 호되게 혼을 낼 필요가 있었나요?"

에리카가 물었다.

곤을 책망하는 말투는 아니었다. 헤즐러가 분에 못 이겨 서럽게 울 때 가슴의 한구석이 아렸기 때문이었다. 곤이 아이들을 얼마나 좋아하는지 그녀도 알고 있었다. 겉보기와는 다르게 정도 깊었다.

하지만 의아하다 싶을 정도로 헤즐러를 몰아세웠다. 굳이 그럴 필요까지 있었는지 그것을 묻기 위함이었다.

"그 아이……."

곤이 입을 열었다.

모두의 시선이 곤에게로 향했다.

"내버려 둘 수가 없었어. 그뿐이야."

"흠, 그럼 결론이 났네. 당분간 이곳에서 머문다. 리토스 자작인지 뭔지를 때려잡자고. 그렇지 않아도 마음에 들지 않았어. 다 망해가는 영지를 도와주지는 못할망정 그렇게나 괴롭히다니."

안드리안은 판결이 났다는 듯이 탁자를 두 번 탕탕 쳤다.

"그리고……."

"또 이유가 있어?"

곤은 고개를 끄덕였다.

"뭔데?"

"그들이 이곳을 노리는 이유가 분명히 있을 겁니다. 그것을 알아내야 합니다."

"이유?"

아무도 생각하지 못한 문제였다. 순간 안드리안의 머릿속에서 불이 반짝 켜졌다.

"그렇구나. 몬스터들을 막아내기 위해서 막대한 돈을 쏟아부어야만 하는 영지, 자갈이 많아 밀의 수확도 많지 않은 영지, 땅만 클 뿐인 영지를 먼 친척이라는 놈이 갑자기 찾아와서 내놓으라고 하니 이상하기는 하구만. 이곳에 상당한 이득이 될 만한 뭔가가 없다면 그런 짓을 벌일 이유가 없지."

"맞습니다. 이유가 있을 겁니다."

"좋아. 그럼 머리를 맞대고 생각해 보자고. 리토스 자작이라는 놈이 이곳을 노리는 이유, 그놈을 깔끔하게 엿을 먹일 방법을."

안드리안의 말대로 그들은 자정이 넘도록 이 사태를 어떤 식으로 풀어나가야 하는지 의논을 이어나갔다.

* * *

이제 동이 트기 시작한 새벽녘이었다. 새벽인지라 기온이 낮아 약간은 추운 느낌이 들었다.

아직은 모두가 잠든 시간이었다. 특히 곤 일행은 오랜 여행으로 인해서 심신이 모두 지친 상태였다. 그런 상황에서 일행은 밤늦게까지 회의를 하는 통에 더욱 깊은 잠에 빠져 있을 것이다.

저벅저벅.

새벽 공기를 뚫고 연무장으로 걸어 나온 사람은 에리카였다. 그녀는 연무장 중앙에서 그녀가 가지고 있던 신관의 아이템들을 착용했다.

그녀는 신성력을 높여주는 하이 스태프를 머리 위로 올린 후 가까이 있던 나뭇잎이 떨어져 앙상한 나무에 성장 버프를 걸었다.

놀랍게도 나무에서 나뭇잎이 자라기 시작했다. 10분도 되지 않아 나무는 녹색으로 뒤덮였다. 누가 봐도 놀라운 현상이었다. 비록 생명을 창조한 것은 아니지만 생명력을 대폭 활성화시킨 것만으로도 칭찬받아 마땅한 힘이었다.

하지만 에리카는 만족스럽지 않은 모양이었다.

그녀는 손바닥을 한번 보고는 하늘을 쳐다봤다.

"…약해졌어. 분명히."

신전을 나온 이후로, 에리카의 신성력은 급격히 감소를 하고 있었다. 신성력이란 신에 대한 믿음으로 생겨나는 성스러운 힘이었다. 굳이 신전에서 생활을 하지 않더라도 신에 대한 믿음만 굳건하다면 신성력은 어디서든 발휘가 되었다.

그 예로 성기사들이 있었다.

그들은 이단을 처단하기 위해서 신전을 비울 때가 많았다. 하지만 성기사들의 신성력이 약해졌다는 말은 들어본 적이 없었다. 강해지면 강해졌지.

그 뜻은 그녀가 가진 신앙심이 약해졌다는 뜻.

에리카는 고개를 흔들었다. 이제껏 신에 대한 믿음이 약해진 적은 단 한 번도 없었다. 오히려 시간이 지나면서 신성력이 더욱 강해졌다. 신의 언어를 들을 수 있던 것도 그 까닭이었다.

그러나 지금은 분명 신성력이 확실히 줄어들었다.

만약 시간이 지나도 신성력이 회복하지 않는다면? 아니 신성력을 잃게 된다면? 신의 언어를 들을 수 없게 된다면?

신의 뜻을 이행할 수 없게 된다.

가장 중요한 것은 곤에게 도움이 되지 않게 된다는 것이다. 그들에게 자신이 중요한 것은 같은 일행이기에 앞서 버프라는 힘으로 도움이 되기 때문이었다.

물론 신성력을 잃는다고 해서 그들이 자신을 내칠 것으로 생각하지는 않는다.

하지만 그녀가 견디지 못할 것이다. 아무런 도움이 되지 않는 쓸모없는 신관…….

신의 뜻을 이행할 수 없는 허물뿐인 신관.

에리카는 존재 가치를 잃게 될지도 몰랐다.

그녀는 고개를 흔들었다.

"아니야, 그럴 리가 없어."

그녀는 계속해서 버프를 실행시켰다. 몇 번이나…….

결과는 마찬가지였다. 버프의 힘은 점점 약해졌다.

"어쩌지."

에리카의 마음이 조급해졌다. 어떤 식으로 신성력을 되찾아야 하는지 알 길이 없었다.

"어이, 거기서 뭐해?"

갑작스럽게 들려온 말소리.

에리카는 깜짝 놀라 뒤를 바라봤다. 곤과 씽, 안드리안이 금방 잠에서 깬 얼굴로 다가오고 있었다.

하긴, 저들이 수련을 게을리하는 모습을 본 적이 없었다. 고된 여행 중에서도 시간을 쪼개서 하루도 빼놓지 않고 수련을 하는 자들이었다.

여독이 있다고 해서 수련을 쉴 위인들이 아니었다.

하지만 에리카는 아니었다. 그녀의 신성력은 신에 대한 염원으로 발휘가 된다. 신에 대한 기도를 하기 위해서는 정신적인 피로가 쌓여서는 안 된다. 즉, 충분한 휴식이 필요한 것이다.

곤이나 안드리안, 씽과 같은 투사들과는 상반된 수련을 해야 하는 셈이었다.

"아, 저기, 저도 훈련 좀 하고 있었어요."

에리카는 말을 얼버무렸다.

"오, 당신도 훈련을 한다고? 신관들에게 중요한 것은 정신의 집중도 아니야? 차라리 잠을 푹 자는 것이 나을 텐데."

안드리안이 재미있다는 듯이 흥미로운 눈으로 에리카를 바라봤다.

"저, 저도 제 한 몸 지킬 정도는 돼야죠."

"몽크라도 되게?"

몽크는 신성력과 무투의 능력을 함께 갖춘 신관을 뜻한다. 신관보다는 신성력이 낮지만 격투술은 상식을 초월할 정도로 높았다. 신전을 유지하는 데 필요한 성기사들과는 다른 무력 집단이었다.

"아니요. 제게 무슨."

"그럼 차라리 푹 쉬는 것이 낫지 않을까. 그게 당신에게나 우리에게나 모두 도움이 되니까."

"아, 네. 그래야겠어요. 전 들어가서 조금 더 쉬겠습니다."

에리카는 곤과 안드리안, 씽에게 꾸벅 인사를 하고는 서둘러 저택으로 들어갔다.

그녀의 등을 보던 안드리안이 이해가 안 된다는 듯이 중얼거렸다.

"항상 냉정을 유지하던 아인데. 이상할 정도로 당황하네. 얼굴도 창백하고."

"그녀에게도 무슨 사정이 있겠죠."

"그런가. 말 못할 사정인가."

"강한 아이입니다. 정말로 힘이 들면 저희에게 털어놓을 겁니다."

곤의 단언에 안드리안은 고개를 끄덕였다.

"그럼 오늘도 시작해 볼까. 차, 누구부터 덤빌래. 씽? 곤?"

안드리안은 대검을 한 손으로 가볍게 휘두르며 씽과 곤을 번갈아 바라보았다.

"내가 먼저 하지."

씽이 앞으로 나섰다. 단지 안드리안을 쳐다봤을 뿐인데 씽의 몸에서 놀라울 정도로 투기가 솟구쳤다.

"좋구만. 그 정도는 돼야, 이 안드리안 님의 수련 상대가 되지."

"질리지도 않고 그 말을 매일 하는군."

씽은 피식 웃으며 안드리안을 향해 빠르게 다가갔다.

노기사 스톤과 에리크는 창문 밖으로 보이는 곤 일행의 대련을 지켜보고 있었다. 그들의 투기가 저릿저릿할 정도로 생생하게 느껴졌다.

"젊구만. 이 새벽부터."

"그러게. 젊네. 우리도 저런 적이 있었는데."

과거 그들은 자신들의 힘을 시험해 보기 위해 대륙을 횡단한 적이 있었다.

오직 강해지기 위해서.

새벽부터 늦은 밤까지 검을 휘두르고 지쳐 쓰러진다고 하더라도 한숨 자면 말짱하게 일어날 수 있는 젊음과 체력이 있던 그런 시절. 언젠가 최강이라는 칭호를 움켜잡을 수 있다고 꿈을 꾸던 그런 시절.

"그런데……. 확실히 강하구만."

씽과 안드리안의 대련을 지켜보던 스톤이 혀를 내둘렀다. 어느 정도 실력을 쌓았다고 자부한 그의 눈으로도 씽과 안드리안의 움직임을 잡아낼 수가 없었다.

확실한 것은 그들이 전력을 다하고 있지 않다는 점이다. 그렇다는 말은 실력을 감춘 상태에서 저런 엄청난 움직임을 보일 수 있다는 것이다.

"우리가 젊었을 때라면 저들을 이길 수 있을까."

조금은 자조 섞인 목소리로 스톤이 말했다.

"어림도 없지. 저들이 특별한 거야."

에리크가 쓴웃음을 지었다.

* * *

에리카는 방으로 들어왔다. 집사 텐디가 마련해 준 방이었다. 최대한 편의를 봐줘서인지 에리카와 안드리안은 각방을 쓸 수가 있었다.

아니 저택에 기거하던 모든 사병들과 기사들, 메이드들이 떠났기에 많은 방이 남았다. 덕분에 곤 일행은 편하게 휴식을 취할 수가 있었다.

"아, 도대체 어찌 해야 하지?"

에리카는 침대에 털썩 주저앉았다. 그녀의 마음은 어느 때보다 불편했다.

신의 가호가 사라진다면?

버프의 능력이 사라진다면?

자신의 존재 가치를 무슨 수로 증명을 한다는 말인가.

그녀는 손바닥을 펴보았다. 지금도 그녀의 능력은 조금씩 벌레가 갉아 먹듯이 사라지고 있었다.

무슨 수를 써야 한다.

—능력을 찾고 싶어?

어디선가 심금을 울리는 목소리가 들렸다. 이중적인 양면성을 가진 목소리였다.

금방이라도 달려가고 싶은 달콤함 목소리 그리고 금방이라도 벗어나고 싶은 불길함.

"누, 누구?"

—당신의 소망을 들어줄 수 있는 존재.

에리카는 섬뜩함을 느꼈다. 등줄기가 서늘해진다. 방 안에 공기가 갑작스럽게 뭔가에 짓눌리는 듯했다.

이곳에… 이곳에 뭔가가 있다.

"악마냐?"

에리카는 신성력을 일으키며 성호를 그었다. 악마든 마물이든 신성력을 가진 신관에게는 접근하기가 쉽지 않았다.

애초의 본질이 다른 상극이기 때문이었다.

하지만 에리카가 신성력을 일으켰음에도 방 안을 짓누르는 기이한 힘은 줄어들지 않았다.

—나를 악마 따위와 비교하다니. 무척이나 서운한데?

"그럼 누구냐? 떳떳하면 나서서 정체를 밝혀!"

에리카는 방 안을 빙빙 돌며 외쳤다. 가슴 한구석에 두려움이 생겨났다. 자신의 힘으로는 이곳에 있는 악마의 정체도 알아낼 수도 없었고, 내쫓지도 못했다.

—나는 나. 세상 어디에도 있을 수 있는 존재. 너와 나의 힘은 하나이다.

"서, 설마?"

들리는 목소리가 뜻하는 바는 하나였다.

주신 오델라.

그녀는 믿을 수 없다는 듯이 고개를 흔들었다.

주신 오델라는 만물을 창조한 분이시다. 언제나 자애로우며 인간을 사랑하신다. 이토록 기묘한 힘을 내는 존재가 아닌 것이다.

—왜 그렇게 생각하지? 꼭 신이 자애로워야 한다고 생각하나. 신은 만 개의 얼굴을 하고 있다. 에리—카.

"아니야. 그럴 리가 없어."

—네가 왜 힘이 약해졌다고 생각하느냐. 신앙심이 약해져서?

"그럼 왜?"

—진실을 알고 싶은가? 신의 가호를 느끼고 싶은가?

"알고 싶어요. 알고 싶습니다."

어느새 에리카의 말은 극존칭으로 바뀌어 있었다. 무의식중에 상대를 신으로 여기고 있음이다.

데구르르르—

침대 밑에서 기이한 문양의 돌이 굴러왔다. 눈이 모두 꿰매진 섬뜩한 모습을 한 돌이었다. 에리카는 팔을 뻗어 돌을 주웠다.

가슴은 심하게 쿵쿵 뛸 정도로 두려웠지만, 그만큼 돌에 대한 호기심도 강했다.

순간 돌의 눈이 갑자기 떠졌다. 돌의 눈과 에리카의 눈이 마주쳤다.

한 번도 본 적이 없는 불길함을 간직한 눈빛, 에리카는 온몸이 화염에 휩싸이는 착각에 휩싸였다.

* * *

아침 식사의 분위기는 밝았다.

곤 일행이 돕기로 한 것이 확실시 된 것 때문만은 아닌 듯했다.

“모두들 안녕히 주무셨어요.”

헤즐러가 방긋 웃으며 말했다. 소년을 보며 곤 일행은 조금 놀란 표정을 지었다.

아이는 하루가 지나면 금방 성장한다더니, 헤즐러를 두고 하는 말 같았다.

외모는 어제와 같다. 조금도 변한 것이 없었다. 하지만 소년의 분위기는 완전히 달랐다.

우선 눈빛. 뭔가에 쫓기는 듯한 겁먹은 표정이 사라졌다. 조금 더 당당해졌다.

마치 탈피를 한 것 같은 느낌이었다.

곤은 그런 헤즐러를 보며 빙그레 미소를 지었다.

소년은 성장했다.

아침 식사는 간단하게 나왔다. 빵과 스프. 약간의 과일. 저녁이라면 모를까, 이 정도면 부족함이 없었다.

"부족한 거 있으면 말씀하세요."

메이드 아리안이 곤의 옆으로 다가와 컵에 물을 따라주며 말했다. 곤은 짧게 고개를 끄덕였다.

"무척이나 말수가 적으신 분이시네요. 호호, 하긴 그래서 그런지 더 분위기 있어 보여요."

아리안은 빙긋 웃으며 다른 사람들에게도 물을 따라주었다.

대화는 대체로 안드리안이 주도했다. 본래 활발한 성격을 가져서인지 사람들과의 사회적인 융합이 어렵지 않았다. 노기사들도 그녀의 말에 즐거워했고, 그들의 자식들 역시 어느 정도 마음을 풀었다.

"왜, 무슨 할 말 있니?"

곤은 헤즐러에게 물었다. 헤즐러는 아까부터 곤에게 무슨 말을 하고 싶어 하는 눈치였다. 노기사들을 슬쩍 보니 헤즐러가 무슨 말을 하려는지 그들은 모르는 눈치였다.

그렇다면 헤즐러의 개인적인 말을 할 터였다.

곤은 기다렸다.

소년은 몇 번이나 긴 한숨을 내쉬며 아무런 말을 하지 못했다.

누군가에는 하찮은 얘기가 될 수가 있지만 누군가에는 둘도 없는 소중한 얘기가 될 수도 있었다. 저렇게 뜸을 들일 정도면 소년에게는 더욱 중요한 얘기일 터였다. 그렇기에 곤은 소년에게 슬쩍 물어본 것이다.

"저기……."

"응, 말하려무나."

"곤 씨는 강하죠?"

"세상에 강함의 종류는 많단다. 너는 어떻게 강함을 판단하지?"

"아버지의 말로요."

"……."

헤즐러의 아버지는 죽은 뮬란이다.

소년에게 아버지란 세상과 동격이다. 아버지를 통해서 세상을 보고, 세상을 나아갈 동력과 자신감을 얻는다.

혹시 헤즐러는 자신에게서 아버지의 모습을 찾는 것일까.

아니면…….

"아버지가 뭐라고 하셨지?"

"강함이란 행동에서 나온다고 했어요."

"무슨 소린지 모르겠구나."

"손끝 하나의 행동에서나 흘러나오는 우아함, 누가 뭐라고 하더라도 나를 어쩔 수 없다고 생각하는 여유. 아버지는 그것을 강자의 오만이라고 했어요."

"내가 오만하다는 거니?"

"네, 반대로 얘기하면 강자라는 말이죠."

"그래서 하고 싶은 얘기가 무엇이니?"

"아버지는 말씀하셨죠. 강자의 부류는 딱 두 가지. 혼자이거나 모두 다 같이 있거나."

잠시 식사가 멈췄다.

모두가 소년의 얘기를 귀 기울여 듣고 있었다.

"부귀영화를 누리고 싶으면 혼자 남은 강자와 함께해라."

"함께해라……."

곤은 헤즐러의 끝말을 따라 했다.

"오래 살고 싶지 않으면 모두가 따르는 강자와 함께해라."

"모두가 따르는 강자라……."

"아버지의 말대로라면 곤 씨는 후자에 해당하네요."

"그렇지는 않은 것 같구나. 나는 전자도 후자도 아니란다."

"아니에요. 곤 씨만 모르는 것 같네요. 어린 저도 아는데. 분명, 곤 씨는 후자예요."

헤즐러는 동의를 구한다는 듯이 안드리안과 씽, 키스톤, 슈테이를 바라봤다. 그들은 인정한다는 듯이 고개를 끄덕였다.

"그래서 하고 싶다는 말이……."

"네, 짐작하시는 대로예요. 저는 곤 씨의 강함을 배우고 싶어요."

"아, 아니, 영주님!"

깜짝 놀란 스톤과 에리크가 벌떡 일어섰다. 아무리 어리지만 영주로서 할 수 있는 말이 아니었다. 영주가 스스로 배움을 청하다니. 다른 귀족들이라면 상상도 못 할 일이었다. 물론 높은 지식을 가진 현자나 마법사들을 초빙하여 자식들에게 가르침을 내려주십사 하는 귀족들도 있긴 있다.

하지만 곤은 용병, 그 이상도 이하도 아니었다. 잘못하면 귀족의 명성을 더럽혔다고 소문이 퍼져 작위를 박탈당할 수도 있었다.

"두 분이 왜 그러시는지 잘 알고 있습니다. 그러나 지금은 제 말을 따라주세요."

헤즐러는 두 노기사를 향해서 단호하게 말했다.

"하, 하지만… 지금 영주님께서 하신 말씀은 대수로운 것이 아닙니다."

"저희에게 이 뒤가 있나요?"

"네? 아, 네."

지금의 상황이 얼마나 나쁜지 헤즐러는 노기사들에게 다시 한 번 일깨워 주었다. 막말로 오늘 당장 칠살의 기사들이 병사들을 이끌고 쳐들어온다면 막아낼 병력도, 막아낼 의지를 가진 자도 없었다.

"나보고 네 뒤를 봐달라?"

곤은 몸을 뒤로 젖히며 말했다.

"아니, 말이 너무 심하시오."

성격이 불같은 안토니오가 다시금 벌떡 일어서며 곤에게 소리쳤다. 화기애애했던 아침 식사의 분위기는 순식간에 사라졌다. 노기사들의 자식들은 곤의 적의가 가득 담긴 눈초리로 바라봤다.

챙—

씽의 손톱이 길어지더니 안토니오의 목을 겨눴다. 누구도 씽의 손가락에서 손톱이 튀어나오는 것을 보지 못했다. 아니, 손톱이 그렇게 늘어날 수 있다는 것을 알지 못했다.

"넌 너무 말이 많아."

"이, 이 새끼가."

씽은 손가락의 슬쩍 힘을 줬다.

안토니오는 목이 스르륵 하는 소리와 함께 잘리는 환상을 보았다. 씽이 하는 행동은 위협이 아니었다. 곤이라는 자의 명령만 있으면 이 자리에 있는 모든 사람들을 도륙하겠다는 의지가 분명하게 느껴졌다.

"제, 제기랄."

안토니오는 깊은 무력감을 느끼며 자리에 앉을 수밖에 없었다.

"먼저 나에 대해서 정확히 알아야 하는 것이 있어."

곤은 헤즐러의 두 눈을 똑바로 보며 말했다.

"그것이 무엇이죠?"

"나는 네 머릿속에 그려진 강자가 아니야."

"강자가 아니면?"

"이것도 저것도 아닌 괴물이지. 나는……."

꿀꺽.

헤즐러는 자신도 모르게 마른침을 삼켰다. 소년은 분명 곤의 눈에서 번뜩이는 무엇인가를 보았다. 그것이 육식동물의 눈빛인지 몬스터의 눈빛인지는 모른다.

소년이 알 수 있는 것은 단 하나.

세상에서 다시없을 정도로 위험한 무엇이라는 것.

"내가 널 도와주면 넌 나에게 무엇을 줄 테냐."

"무, 무엇을 원하십니까?"

"너는 무엇을 갖고 싶으냐."

"……."

"말해라. 너는 무엇을 갖고 싶으냐."

"평화로운 세상을 원합니다."

"훗, 평화로운 세상이라……."

곤은 입술을 뒤틀며 웃었다. 그의 웃음이 무엇을 뜻하는지는 어린 헤즐러로서는 아직 알지 못했다.

"좋아. 최선을 다해서 너를 도와주마."

"저, 정말입니까?"

"대신!"

"대신?"

"너는 최선을 다해서 네 눈으로 직접 세상을 보아라. 평화로운 세상인지, 망해가는 세상인지. 내 조건은 이것 하나다."

Chapter 2. 썩은 살부터 도려내다

사건은 예상치 못한 곳에서부터 발생한다. 아무도 생각지도 못한 곳에서. 누구도 예상하지 못한 이로부터.

그것을 변수라고 한다.

언제나 곤은 돌발 변수를 생각하고 있었다. 인간들이 사는 세상에서 변수란 존재하지 않을 수가 없었다. 개인의 생각과 가치관이 다른데 똑같은 사상을 강요할 수 없기 때문이었다.

따지고 보면 곤, 본인이 가장 큰 변수를 겪었다.

부서진 달이 떠 있는 세상에 홀로 떨어질 것이라고는 누구도 생각하지 못했을 테니까.

하지만 지금은 곤도 전혀 예상하지 못한 일이었다.

몸이 좋지 않다는 에리카에게 메이드 바넬은 야채로 만든 죽을 가져다주었다. 그리고 그녀의 방문을 연 순간, 바넬은 저택이 떠나가라 큰 비명을 질렀다.

그녀의 비명을 지른 사람들은 에리카가 있는 방으로 뛰어갔다.

에리카의 방문 앞에는 바넬이 덜덜 떨며 서 있었다. 그녀의 발밑에서 야채 죽을 담았던 쟁반이 아무렇게나 나뒹굴었다.

"무슨 일이에요?"

안드리안이 물었다.

"저, 저, 저기."

바넬이 방 안을 가리켰다. 그녀의 손가락을 쫓아 모두의 시선이 움직였다.

에리카의 방 안은…….

온통 피로 뒤덮여 있었다. 에리카가 잠을 잤던 침대도, 탁자 위에도, 바닥도, 심지어 천장에도.

"잠깐만 비켜주시죠."

곤의 말에 바넬이 깜짝 놀라 급히 옆으로 비켰다. 곤은 방 안으로 들어갔다. 그의 뒤를 씽과 안드리안이 차례로 따랐다.

아직 피는 굳지 않았다.

이렇게 사방으로 퍼진지가 얼마 되지 않았다는 소리였다.

"에리카를 찾아."

곤이 짧게 말했다. 고개를 끄덕인 씽은 키스톤과 슈테이를 데리고 저택 밖으로 나갔다.

한 사람의 몸에서 나올 것이라고는 믿기지 않을 정도의 엄청난 양의 피. 누군가 에리카를 해코지했다면 증거를 남기지 않고 도주하기란 불가능했다.

"펑펑."

곤은 펑펑을 소환했다. 펑펑은 길게 기지개를 하며 곤의 어깨에 앉았다. 근래 들어 곤이 소환을 하지 않는 한, 그녀는 좀처럼 모습을 드러내지 않았다.

정령계에 무슨 일이 있는지 그쪽 세상에 있을 때가 많았다.

"무슨 일이야? 웅? 히엑, 이게 무슨 일이람, 주인."

펑펑도 놀란 모양이었다.

"에리카의 방이야."

"에리카? 주인 쫓아다니는 그 성녀?"

"맞아."

"그런데 방이 왜 이 모양이야?"

"지금부터 이 방이 왜 이렇게 됐는지 알아볼 생각이야. 도움이 필요해."

"어떤?"

"에리카는 사라졌어. 그런데 나갔다가 들어온 흔적이 없어. 혹시 마법의 흔적이나, 정령의 느낌이 남아 있지 않나?"

곤의 능력으로는 마법의 힘은 느낄 수가 있어도, 흔적을 찾아낼 수는 없었다. 그것은 정령의 힘도 마찬가지였다. 비록 펑펑과 계약은 맺었지만 그가 정령에게 미치는 힘은 극히 미비했다.

"알았어."

상황이 심상치 않음을 느낀 펑펑은 피비린내가 물씬 풍기는 방 안으로 이곳저곳 날아다니며 흔적을 조사했다.

그녀라면 어떤 작은 흔적이라도 찾아낼 수 있으리라 믿었다.

하지만 곤의 예상은 빗나갔다.

"주인, 미안. 방에서 느껴지는 힘은 아무것도 없어."

"아무것도?"

"응, 마법의 힘도, 정령의 힘도 느껴지지 않아."

곤은 콧잔등을 찡그렸다.

"물론 내 말이 정답은 아니야. 월등한 실력을 가진 마법사나 정령사가 에리카를 납치했다면 내가 감지를 하지 못할 수도 있어."

만에 하나라는 말.

그러나 펑펑의 눈을 피해서 에리카를 이곳에서 납치를 할 수 있을까? 그 가능성은 무척 희박했다.

사실 펑펑이 곤에게 하지 않은 말이 있었다. 그것은 방 전체에서 은은하게 남아 있는 약하디약한 위화감이었다. 현실 세계에서 느낄 수 없는 위화감.

이런 위화감.

짐작은 가지만 감히 머릿속에서 떠올리기도 싫은 상상이었다. 그렇기에 곤에게 얘기를 꺼내지 않은 것이다. 그녀의 상상이 현실이라면 문제는 심각해진다.

고개를 끄덕인 곤은 씽을 기다렸다.

잠시 후 기다리던 그들이 돌아왔다.

돌아온 씽과 키스톤, 슈테이는 딱딱한 얼굴로 고개를 흔들었다.

"아무 데도 없습니다."

"……."

잠시 입을 다물고 있던 곤이 키스톤에게 물었다.

"상황을 예측해 봐."

그의 두뇌 회전이 가장 빠르다는 것은 일행들 모두가 은연중에 느끼고 있었다. 하여 곤은 종종 키스톤에게 의견을 묻기도 했다. 지금도 같은 상황이었다.

"우선 저택 밖에 상황부터 말씀드리겠습니다."

이런 피가 잔뜩 고인 방에서 할 말은 아니었지만, 이 방을 이대로 치울 수는 없었다.

에리카가 사라진 조그만 증거라도 찾아야 했다.

"저택 근처 어디에도 핏자국은 발견할 수 없었습니다. 누가 풀을 밟은 흔적도 저택의 담벼락을 넘은 흔적도 없습니다."

"침입한 흔적이 없다라……."

아무리 곤이라고 하더라도 이해할 수가 없었다. 딱히 그녀가 사라진 이유도 알 수가 없었다. 그녀를 노릴 만한 단체는 단 하나뿐이었다.

오델라 교단.

하지만 그들이 이토록 주도면밀하게, 전혀 감도 잡히지 않는 트릭을 써서 에리카를 납치했을 것이라고는 믿기지 않았다.

그들은 신관이지 어쌔신이 아니었다.

"그녀가 사라진 이유는 알지 못합니다. 하지만 몇 가지 추리를 해볼 수는 있습니다."

키스톤이 말을 이었다.

피바다가 된 방 안에서 모든 사람이 그의 말에 귀를 기울였다. 저택에 퍼진 소란스러움 때문에 헤즐러가 달려왔지만 집사 텐디가 방을 보지 못하게 소년을 밖으로 데리고 나갔다.

"지금 에리카 님의 상황이 어떠한지 짐작을 하자면 첫째

사망, 둘째 납치, 셋째 음 이건 좀 그렇군요."

"뭔데? 얘기해 봐."

"자발적으로 이곳을 나간 겁니다."

"자발적으로?"

"네."

"그렇게 추측하는 이유는?"

"일단 침입을 한 흔적이 없습니다. 그리고 나간 흔적도 없습니다. 남은 것은 방 안에 남은 엄청난 피. 하지만 그녀가 가진 능력이라면 쓰러진 풀이나 나무들을 본래 상태로 돌려놓을 수가 있습니다. 즉, 흔적을 없앨 수 있다는 말."

"이해는 가나, 그녀가 우리에게 말도 없이 사라질 이유가 안 되는군."

"저도 그렇게 생각합니다. 하여, 에리카 님이 살해를 당했거나 납치를 당했거나. 이 둘 중에 하나로 사건을 압축해야 합니다. 가장 중요한 것은… 누가."

키스톤의 추론에 모두가 고개를 끄덕였다. 지금까지는 그의 말에 반박을 할 여지가 없었다.

"그녀를 납치할 만한 자들은 먼저 제국, 제국이라면 에리카 님에 대해서 배은망덕하게 여기고 있을 겁니다. 성녀라고 추앙까지 했는데 반역자 일행들과 같이 도주를 했으니, 제국의 입장에서는 끝까지 추적하여 죄를 묻고 싶을 겁니다."

"그건 동의!"

안드리안이 손을 들어서 키스톤에 말에 호응했다.

"다음은 오델라 교단입니다. 에리카 님께서 제국의 교단으로 급히 자리를 옮기게 된 이유는 본 교단의 타락. 그것을 알리기 위해서 제국으로 옮겼다고 하셨습니다. 하지만 성녀님 혼자만의 힘으로는 교단의 타락을 알릴 수가 없었습니다. 교단에서도 제국의 품에 있는 성녀님을 어찌할 수가 없었죠."

"그럼 교단에서 에리카가 제국 밖으로 나오길 기다렸다는 말인가?"

"그럴 수도 있고, 아닐 수도 있습니다. 하지만 이것 하나는 확실하죠. 어떤 식이든 에리카 님께서 제국 밖으로 나온 것이 교단의 귀에 들어갔다는 겁니다. 그들의 입장에서는 교단의 추악한 비밀을 알고 있는 에리카 님을 반드시 제거하려고 했을 겁니다."

"반만 맞는 말 같아."

곤은 그의 말에 반론을 제기했다.

"반만 맞는 말씀이라 하시면?"

"교단의 능력이 대단하다는 것은 알아. 하지만 성기사들과 몽크들이 이토록 은밀하게 에리카를 데려갔다는 것이 믿기지가 않는군."

"그렇죠. 대신 그들에게는 막대한 자금력이 있습니다. 자신들의 정체를 감춘 채 어쌔신 길드에 충분히 의뢰를 할 수 있을 겁니다."

"신을 믿는 교단이 어쌔신 길드에 의뢰를 해?"

"네, 신이 내려준 신체를 훼손하는 자들입니다. 신성력을 잃어버려 신탁을 받을 수 있는 자들도 남아 있지 않을 겁니다."

"가능성은 있지만……."

곤은 말을 끝까지 잇지 못했다.

어쌔신 길드에서 에리카를 납치할 수는 있었다. 그러나 자신의 눈을 속이고 이토록 감쪽같이 사라질 수가 있을까? 그만 있는 것도 아니었다.

상당한 실력자인 안드리안이 있었고, 동물적인 감각이 그대로 살아 있는 씽도 시퍼렇게 눈을 뜨고 있었다. 이토록 강렬한 피비린내가 저택에 진동을 하는 동안 아무도 눈치채지 못한 것이 믿기지가 않았다.

"그들이 아무도 모르게 이곳에서 에리카 님을 빼돌렸다고 하더라도 멀리 가지는 못했을 겁니다. 서둘러 마을 사람들을 탐문해야 합니다. 누군가 한 명쯤은 반드시 의심스러운 자를 본 적이 있을 겁니다."

곤은 고개를 끄덕였다.

"좋아. 모두 마을로 간다."

그는 노기사들을 보았다.

"명목이 없지만… 도움을 부탁드립니다."

"알았네. 최선을 다해서 돕겠네."

갑작스럽게 일어난 에리카의 실종.

노기사들도 심상치 않은 일이 발생했음을 느꼈다.

곤 일행과 노기사의 자식들은 서둘러 저택을 빠져나가 마을로 향했다.

하지만 누구도 에리카에 대해서 아는 사람은 없었다. 심지어 곤 일행을 빼고는 이방인을 본 적도 없었다.

에리카는 감쪽같이 사라진 것이다.

곤과 씽은 위험을 무릅쓰고 목책을 넘어 몬스터가 우글거리는 산맥 안으로 들어가 에리카의 흔적을 찾았지만 소용이 없었다.

말 그대로 연기처럼 사라졌다.

혹시나 하는 마음에 곤 일행은 저택에서 기다렸지만, 에리카는 그들에게 모습을 보이지 않았다.

* * *

일주일의 시간이 지났다. 언제까지고 에리카를 찾을 수는 없는 노릇이었다. 어떤 단서가 나올 때까지 그녀가 무사하기

만을 마음속으로 바랄 뿐이었다.

이제는 리토스 자작의 침입에 대비를 해야 할 때였다.

씽과 안드리안은 마을로 향했다. 그들에게 떨어진 명령은 두 가지였다.

첫 번째는 병력 강제 모집이었다. 사실 영지민의 입장에서는 농사를 짓는 것보다 사병으로 근무를 하는 것이 벌이 면에서는 훨씬 나았다. 하지만 사병들은 모두 떠났다. 영주를 따르는 자는 반드시 죽는다는, 리토스 자작이 퍼뜨린 유언비어 때문이었다.

죽을 수 있다는 두려움을 제거한다면 사병들은 돌아올 여지가 충분히 있었다.

그리고 사병들이 없으니 영지의 치안은 형편이 없었다. 도적이 들끓었고, 목책을 넘어서 쳐들어올 몬스터의 습격을 막아낼 수도 없었다.

사병의 부재는 영지의 치명적 파탄을 초래했다. 영지를 유지하기 위해서는 병사가 반드시 필요했다.

두 번째는 유언비어를 퍼뜨린 자들을 잡아서 처리하는 것이다.

그들로 인해서 마을 사람들의 단결력은 사라졌다. 이런 외진 영지가 그나마 유지될 수 있었던 것은, 영주에 대한 믿음과 함께하지 않으면 몬스터에게 습격을 받아서 죽을 수 있다는 마음 때문이었다.

그러나 영주의 욕심 때문에 영지전이 시작된다는 소문이 나면서 영지민들에 대한 영주의 믿음이 깨졌다. 영지민들은 누구의 편을 들까 고민하여 분열이 되고 말았다.

믿음을 다시 찾기 위해서라도 유언비어를 퍼뜨린 자들을 반드시 잡아야 했다.

곤은 그들을 잡아서 어떤 식으로 처리하는가는 전적으로 씽과 안드리안에게 맡겼다.

'최대한 잔혹하고 화려하게. 두려움은 공포로 잡는다.'

이 말을 남겼을 뿐이었다.

그리고 마지막으로 은밀하게 행할 일이 하나 더 남아 있었다.

안드리안과 씽은 마을에 도착했다. 마을에 도착하자 그들을 알아본 많은 사람들이 수군거렸다. 하긴, 며칠 동안 사람을 찾는다고 그 난리를 쳤으니 그들의 얼굴을 모르려야 모를 수가 없었다.

"저기야."

안드리안이 한 술집을 가리켰다. 술집 간판에는 '여신과 함께' 라는 문구가 적혀 있었다.

마을에는 두 개의 술집이 있었다. 하나는 마을 중앙에서 아빠와 딸이 운영하는 작은 펍이었고 다른 하나는 과거 용병이었던 자가 운영하는 제법 규모가 큰 술집이었다.

사람들은 대부분 안드리안이 가리킨 술집에 모였다.

안드리안와 씽은 술집에 문을 열고 들어섰다. 안에는 수십 명의 사람들이 모여 있었다. 그들의 시선이 안드리안과 씽에게 쏠렸다. 잠시 안드리안과 씽을 살피던 사람들은 금방 흥미를 잃었는지 고개를 돌렸다.

안드리안과 씽은 빈 탁자에 아무렇게나 앉았다. 탁자가 얼마나 오래됐는지 바닥에 윤기가 끼어 반들반들할 정도였다.

"뭐 드시겠수."

용병의 아내로 보이는 뚱뚱한 여자가 반쯤 가슴이 드러나는 지저분한 드레스를 입고 다가와 물었다.

"맥주 두 잔."

"안주는?"

"필요 없소."

"선불이요."

안드리안은 누런 동전 두 개를 꺼내 탁자 위에 놓았다. 뚱뚱한 여인은 동전 두 개를 가지고 등을 돌렸다. 잠시 후, 그녀는 나무로 만든 잔에 맥주를 담아서 가지고 왔다.

안드리안과 씽은 맥주를 한 모금씩 마셨다.

"우엑."

어지간하면 표정 변화가 없는 씽이 혀를 길게 내밀었다. 그의 표정대로 맥주는 무척이나 맛이 없었다. 텁텁하고 미지근했다. 마치 떫은 감을 액체로 만들어 마시는 느낌이었다. 이 더운 날씨에 이것을 꿀꺽이며 마셨다가는 부모도 못 알아볼 듯했다.

맥주를 더 이상 마실 생각이 싹 사라진 안드리안과 씽은 고개를 돌려 일장 연설을 하고 있는 사내를 보았다.

보통 신장에 머리를 짧게 깎은 중년 사내였다. 눈매가 날카롭고 뺨에 긴 자상이 있는 사내였는데 이곳 토박이 사람은 아닌 듯했다.

안드리안과 씽은 잠시 그가 무슨 말을 하는지 들어보았다.

"여러분, 내가 무슨 말을 하는지 아셨습니까? 전 영주인 켈리온 남작은 사이든 총수의 물건을 빼돌리다가 걸려서 교수형을 당했다고 합니다. 아들인 뮬란과 함께요. 롤스로이 백작령에 가면 소문이 파다해요."

"정말로 저희 영주님이 교수형을 당했다는 말입니까? 작위는 낮아도 귀족인데……."

한 사내가 믿을 수 없다는 표정을 지으며 물었다.

"그 양반 참. 내가 말하는 것을 못 들었소? 무려 사이든 총수의 물건입니다. 그렇게 높으신 분의 물건을 빼돌리려 한 겁니다. 간도 크지요. 도대체 그렇게 많은 돈을 어디에 쓰려고. 어쨌든 이 영지는 높으신 양반들의 분노를 산 겁니다. 생각해 보세요. 지금 열한 살짜리 꼬마가 그분들의 분노를 잠재울 수 있다고 생각합니까?"

열한 살짜리 꼬마.

영주인 헤즐러는 말하는 것이었다.

안드리안은 콧방귀를 끼었다. 설사 상대가 왕족이라도 뒤에서 욕하는 것 가지고는 뭐라고 할 수가 없었다. 들리지도 않고, 보이지도 않는데 처벌을 할 수 없는 노릇이지 않은가.

하지만 이곳은 헤즐러가 영주로 있는 땅이었다.

그것도 직접적인 영향권이 있는 코앞에 마을이었다. 그런데 저게 뭐하는 짓이란 말인가.

아무리 헤즐러가 힘이 없는 영주라고 하지만 이것은 아니었다.

사실 안드리안과 씽은 헤즐러에 대한 마음은 크지 않았다. 기껏해야 '불쌍한 꼬마구나' 라는 정도.

곤이 이 영지를 바탕 삼아 세력을 키우려고 하는 정도만 알 뿐이었다. 그렇기에 같이 헤즐러를 도우려고 했다.

그렇지만 그런 헤즐러를 욕하는 영지민을 보자 이상하게 짜증이 솟구쳤다.

"어쩌지?"

씽이 안드리안에게 물었다. 저놈이 조져야 되지 않냐는 말이었다.

"잠깐만 기다려 봐. 같은 패거리가 있을 거야. 저놈부터 조지면 다른 놈들이 도망갈 위험이 있어."

안드리안의 말에 씽은 고개를 끄덕였다. 그는 잠자코 상황을 좀 더 지켜봤다.

"다행히도, 아주 다행히도 리토스 자작께서 구원의 손길을 이곳에 뻗치셨습니다. 티로스 자작은 죽은 켈리온 남작의 먼 친척. 사실 따지고 보면 그분에게는 이 땅이 죽든 말든 아무 상관이 없습니다. 그런데! 왜 그분께서 이 땅을 구원하려 하느냐!"

"왜 그렇소?"

다른 사내가 손을 들며 물었다.

"바로 당신들이 안쓰럽기 때문입니다."

"우리? 그분과 우리는 아무런 연관이 없는데 말이요."

"그게 중요한 것이 아닙니다. 리토스 자작께서는 당신들은 전사로 보고 계십니다. 목책을 만들고, 밀려오는 몬스터들을 몸으로 막아내고. 누구의 도움도 없이. 리토스 자작께서는 그런 여러분을 가엽게 여겨 이곳을 합병하려는 것입니다."

"합병이라……."

사람들은 합병이란 단어를 입안에서 우물거렸다. 그들의

전 영주였던 켈리온 남작과 뮬란이 영지를 위해서 얼마나 열심히 일했는지 잘 알고 있었다. 그렇기에 그들이 상단 총수의 물건을 빼돌리다가 교수형을 당했다는 사실을 좀처럼 믿기 힘들었다.

그리고… 합병이라니.

그렇게 된다면 켈리온 남작 가문은 사라지고 만다. 대대로 영지를 지켜온 켈리온 남작 가문. 그곳에서 터를 잡고 살아온 자신들.

어쩐지 배신을 하는 것 같아 사람들은 망설였다.

사람들이 망설이는 기색이 역력하자 뱀눈의 사내는 기고만장해져서는 더욱더 언성을 높였다.

"잘들 생각해 보라고요. 여러분이 예전 영주를 얼마나 좋아했는지 압니다. 그래요, 솔직히 말해서 여러분에게는 나름 잘 대해줬죠. 겉으론요. 하지만 지금 결과를 보세요. 혼자 잘 먹고 잘살겠다고 그런 짓을 저지르다 교수형을 당했잖아요. 여러분, 이렇게 다 굶어 죽을 겁니까? 구원의 손길이 왔어요. 이 동아줄을 잡지 않으면 이곳은 파탄이 나고 맙니다. 가족을 생각하시라고요."

가족이라는 말에 사람들은 웅성거렸다.

아무리 영주에게 미안하다고는 하나, 가족의 생존이 우선이었다. 막말로 누가 영주가 되든 자신들을 해코지 않고 세금만 줄여주면 상관이 없었다.

의리란 생존과 관계해서는 하등 상관이 없는 감정이었다.

"우리가 어찌해야 되오?"

얼굴이 무척이나 험상궂은 사내가 손을 들며 말했다. 영지민이라기보다는 산적 두목처럼 생겼다. 눈빛은 매서웠지만 말투는 겁을 먹은 듯했다. 표정과 말투가 서로 매치가 되지 않았다.

"좋은 질문입니다. 이것 보이시죠?"

뱀눈의 사내가 품에서 종이 한 장을 꺼냈다. 그 안에는 빼곡하게 무엇인가가 적혀 있었다.

"그게 뭡니까?"

험상궂은 사내가 다시 물었다.

"탄원서입니다."

"탄원서?"

"그래요. 탄원서. 간단하게 얘기하자면 이곳 영주 밑에서는 못 살겠다. 우리는 리토스 자작님의 모시고 싶다라는……. 이곳에 사인만 하면 됩니다."

"그렇게 되면 영주가 바뀌는 겁니까?"

일부러 짜 맞춘 듯 뱀눈의 사내와 험상궂은 사내의 대화는 물이 흐르는 것처럼 매끄러웠다.

"바뀝니다. 영지는 위대하신 대제께서 영주에게 하사를 하신 겁니다. 영지민들을 잘 다스리라고, 잘 먹고 잘살라고. 하지만 현실은 어떻습니까? 달마다 이어지는 몬스터의 습격, 그것들을 막을 수 없는 무능력함, 매년 이어지는 흉작과 배고픔. 이 모든 것은 영주에게서 비롯된 겁니다. 하여 우리의 힘으로 영주를 몰아내고 리토스 자작님을 모시는 겁니다. 제가 장담합니다. 내년부터는 지금보다 훨씬 살기 좋아질 겁니다."

"정말입니까?"

"제 목을 걸고 장담하겠습니다. 이것이 진실입니다."

사람들의 동요가 눈에 띄게 늘었다. 그들의 마음이 이미 기울었음을 분위기에서 느꼈다. 이들은 저 어린 작은 영주를 내쫓기로 마음을 먹었다.

"찾았다."

안드리안이 히죽 웃었다.

"저놈의 패거리들?"

"응."

"누군데?"

"지금 손을 들고 질문한 산적같이 생긴 놈 그리고 그 옆에 남은 두 명의 패거리들. 바람잡이들이야."

"그렇군."

씽은 고개를 끄덕였다. 확실히 그들은 이곳 토박이 영지민들과는 분위기부터가 달랐다. 무척이나 이질적인 존재들. 하지만 영지민들은 그것을 깨닫지 못했다. 같은 이방인인 안드리안과 씽만이 쉽게 구별을 할 수 있었던 것이다.

"자, 어찌해야 저놈들을 확실하게 아작 낼 수 있으려나."

안드리안은 다리를 꼬고는 손가락을 탁자위에 톡톡 부딪쳤다. 그녀가 생각에 잠길 때 종종 하는 행동이었다. 씽은 말없이 그녀의 말을 기다렸다.

씽은 자신의 경험이 부족하다는 것을 확실하게 느낀다. 무력은 자신이 있지만, 그것만 가지고는 인간 세상에서 살아남기란 무척 어려웠다.

그래서 형님이 말하지 않았던가. 넌 모든 것을 듣고 익히고 배워라. 흑과 백을 가리지 말고 과감히 받아들여라. 그것이 너의 피와 살이 될 것이다.

하여 씽은 지금의 상황도 판단을 유보했다. 자신보다 경험이 훨씬 많은 안드리안이 어떻게 행동하는지 지켜보는 편이 도움이 됐다.

"그래, 그러면 되겠군."

안드리안은 입술 끝을 올리며 웃었다. 그녀는 종이 한 장을 꺼내 뭔가를 열심히 적었다.

"좋은 방법이 생각났나?"

"좋은 방법은 무슨. 저들은 리토스 자작에게 돈을 받은 사기꾼이야. 저들과 굳이 말씨름을 할 필요가 없지? 왜냐고. 저들도 켕기는 것이 있거든. 잘 봐. 저들을 어떻게 엿 먹이는지."

안드리안은 손을 들고 뱀눈의 사내에게 물었다.

"그렇다면 꼭 리토스 자작일 필요는 없지 않나요?"

뱀눈의 사내가 움찔거렸다.

"무엇이라고 말했소이까?"

"꼭 리토스 자작일 필요는 없지 않냐고 물었어요. 차라리 영지가 백작 가문 이상의 고위 귀족의 지배를 받는 것이 나을 듯한데요."

"그, 그건, 음."

뱀눈의 사내는 일순 말문이 막혔다. 거기까지는 생각이 이르지 못했던 모양이다. 잠시 생각을 정리한 그는 재빨리 말했다.

"리토스 자작은 전 영주와 친척이기 때문이요. 피붙이처럼 가까운 사이가 어디 있겠소."

"친척 같은 소리 하네. 할아버지의 사촌의 아들이 친척이라고 할 수 있나. 친척은 친척이지. 평생 얼굴 한 번 보지 못한 친척."

"어찌 됐든 친척 아니오."

"됐고, 당신들 리토스 자작에게 돈 먹었다면서. 그래서 이렇게 발품을 팔고 선동하러 다닌다던데. 아, 그리고 당신들은 전 영주가 목숨도 구해줬다면서. 몬스터에게 잡혀 먹을 뻔한 것을."

뱀눈 사내의 얼굴이 기묘하게 일그러졌다. 리토스 자작에게 큰돈을 받은 것은 사실이었다. 그렇기에 당황한 것이다. 하지만 켈리온 남작이 그들을 구해준 적은 없었다.

그가 당황하는 모습이 뚜렷하자 사람들이 동요하기 시작했다. 뱀눈 사내에게 정체가 뭐냐고 묻는 사람들도 있었다.

"모두들 진정하세요. 저 여자의 말을 모두 거짓이오. 그러고 보니 당신들은 이 마을에서 본 적이 없구려. 아하, 그 간악한 어린 영주가 사람들을 선동하려고 이곳에 보낸 모양이구려."

뱀눈의 사내는 크게 외쳤다. 이런 임무를 맡은 만큼 순발력은 있던 모양이다. 사람들이 다시 웅성거렸다. 누구의 말이 맞는지 몰라 어리둥절해하는 모습이 역력했다.

"어이, 너희들."

안드리안은 뱀눈이 하는 말을 한 귀로 흘리고는 산적을 닮은 사내를 불렀다.

산적을 닮은 사내가 자신을 손가락을 가리키며 '나를 불렀냐' 라는 표정을 지었다.

"그래, 너희들, 저 자식과 한패지?"

"그게 무슨 소리냐!"

그는 있는 대로 표정을 일그러뜨리며 탁자를 탕 치며 자리에서 일어났다. 그와 함께 있던 두 명의 사내도 같이 일어섰다. 금방이라도 안드리안을 덮칠 기세였다.

"너희들, 한패 아니냐고. 아니다. 한패가 맞을 거야. 리토스 자작에게 받은 지령서가 품 안에 있는 것 아니야?"

"개소리하지 마!"

험상궂은 사내는 리토스 자작의 직속 사병이었다. 이름은 맥, 동료들과 함께 켈리온 남작 가문의 영지를 혼돈에 빠뜨리기 위해 파견된 자였다.

이번 임무만 무사히 마치면 상당한 금액을 받기로 약속이 되어 있었다. 하지만 문서 따위는 존재하지 않았다. 당연히 마음에 찔릴 것은 하나도 없었다. 그렇기에 당당하게 사람들 앞에 나설 수가 있었다.

그는 안드리안을 향해서 성큼성큼 다가갔다. 그는 안드리안의 멱살을 쥐기 위해서 손을 뻗었다.

그 순간—

맥의 몸이 풍차처럼 한 바퀴 크게 회전했다. 그의 등이 탁자를 부수며 바닥에 내리꽂혔다. 등부터 생겨난 통증은 심장까지 파고들었다. 숨을 쉬기가 어려웠다.

"커억."

입에서는 비명이 터졌다.

안드리안의 엎어치기가 순식간에 작렬한 것이다. 그녀는 맥의 품을 뒤져 문서 한 장을 꺼냈다. 그러고는 문서를 펴서 읽어보았다.

술집에 있는 모든 사람들이 숨을 죽이고 안드리안을 쳐다봤다.

"이런 개새끼!"

안드리안은 갑자기 역성을 냈다. 그녀는 발을 들어 쓰러져 있는 맥의 면상을 마구 찼다. 얼마나 강하게 차는지 사람들은 자신이 당하는 것처럼 몸서리를 쳤다.

그녀는 서류를 펴서 읽었다.

"이번 선동 임무에 투입 시, 리토스 자작에게 선불로 20골드를 받는다. 어리석은 영지민들에게 서약을 받으면 후불로 20골드를 추가로 받는다."

몇 줄 되지 않는 간단한 문서였다.

사실 조잡하기 짝이 없는 문서였다. 누가 누구를 지칭하는지도 적혀 있지 않았다.

하지만 문서에 적힌 중요한 두 단어가 있었다.

'리토스 자작' 그리고 '어리석은 영지민들'.

"자, 봐요, 여러분."

안드리안은 문서를 사람들에게 넘겼다. 그것을 읽은 사람들의 얼굴이 무척이나 붉게 물들었다. 뚜렷한 분노의 표정이었다.

자신들을 얼마나 얕봤단 말인가.

"이런 나쁜 놈들!"

누군가 분노가 폭발했다. 이곳저곳에서 욕설이 터졌다. 그들은 쓰러진 맥과 뱀눈 사내 나머지 동료들을 다가갔다. 위험을 느낀 그들은 칼을 빼 들었다. 하지만 씽에 의해서 순식간에 칼을 빼앗겼다.

"이 자식들이 정체가 들통 나니까 칼을 빼 들어? 이런 나쁜 새끼들."

술집에 있던 사람들은 그들을 마구 구타했다. 겨우 네 사람이서 수십 명이 넘는 마을 사람들의 마구잡이 구타를 막아낼 수는 없었다.

"대단하군."

안드리안을 보며 씽은 진심으로 감탄했다. 순식간에 분위기는 역전됐다. 거의 폭동 수준이었다. 리토스 자작의 첩자들은 머리를 웅크린 채 사람들의 구타를 견뎌내고 있었다.

"사람들이 왜 이렇게 변한 거지?"

씽이 물었다.

"내가 아니라 우리가 모욕당했다고 생각한 거야."

"우리라니?"

"사람들의 감정은 참으로 가증스러워. 내가 당하면 '나만

참으면 되지' 라고 생각하면서 우리가 모욕을 당했다고 생각하면 흡사 자신이 당한 것처럼 흥분을 하지. 그 심리를 이용한 거야."

안드리안은 나름 잘 설명했다고 여겼지만 씽은 이해가 되지 않았다. 아직 '나' 와 '우리' 의 차이를 확실하게 구분을 할 수 없는 탓이었다.

"하지만 아직 부족해."

"뭐가?"

"이 상황이 끝나면 사람들은 겁을 먹을 거야. 괜한 짓을 한 것이 아닌가 하고. 분명 발을 빼는 사람들도 나오겠지. 나는 지켜보기만 했다고."

"그럼 어떡해야 하지?"

"동질감을 만들어줘야지. 즉, 우리는 공범이라는 의식을 심어주는 거야. 이런 식으로."

안드리안은 돌멩이를 집어 던졌다. 사람들 사이를 정확하게 빠져나간 돌멩이는 뱀눈의 사내의 머리의 급소에 박혔다. 그는 엎어진 채 그대로 절명했다.

"이젠 아무도 여기서 벗어날 수가 없어."

안드리안은 씽을 보며 싱긋 웃었다.

Chapter 3. 불길은 사소한 곳에서부터

사람들은 말이 없었다. 흥분하여 리토스 자작의 첩자들을 마구잡이로 때리기는 했지만 그중 한 명이 죽을 줄은 상상도 하지 못했다.

마을 사람들은 사람을 죽여본 적이 없었다. 그렇기에 살인을 했다는 막연한 두려움이 그들의 몸과 마음을 휘감았다. 솔직히 말하면 없던 일로 하고 집으로 돌아가고 싶었다.

술집 안은 정적에 휩싸였다. 서로가 눈치만 볼 뿐 선뜻 나서는 사람은 없었다.

"이런 개자식들!"

안드리안이 사람들을 헤집고 앞으로 나와 쓰러져 있는 맥과 뱀눈 사내의 머리채를 끌고 술집 밖으로 나갔다. 씽은 다른 사내들의 뒷덜미를 잡고 개처럼 끌었다.

시체는 술집 앞에 아무렇게나 버려졌다.

본래의 얼굴을 못 알아볼 정도로 뭉개진 맥과 동료들은 벌벌 떨며 술집 앞에 무릎을 꿇고 있었다.

"모두 나와요! 당장!"

안드리안이 소리쳤다. 술집 안에서 눈치를 보던 사람들이 하나둘씩 밖으로 나와 안드리안의 뒤편에 섰다.

그런 사람들은 보며 안드리안은 비웃음을 흘렸다. 이들이 순순히 말을 듣는 것은 앞으로 나설 자신이 없기 때문이었다. 누군가 뒤도 돌아보지 않고 뛴다면 다른 사람들 역시 뒤도 돌아보지 않고 도망칠 것이다.

그전에 옭아매야 한다.

같이 살인을 했다는 죄의식을 분담시켜서 절대로 빠져나가지 못하도록.

"이들은 마을을 팔아먹으려고 했어요. 저 자식들이 가지고 있는 문서에 사인을 하면 더 잘 먹고 잘살게 될 거라고요? 물론 그렇겠죠. 저들만. 우리는 똑같을 겁니다. 아니, 더욱 착취를 당하겠죠."

안드리안은 크게 소리를 내어 외쳤다. 그녀의 목소리에 집에 있던 사람들이 무슨 일인가 하고 창문을 열어 밖을 내다봤다.

몇몇은 옷을 걸쳐 입고 밖으로 나와 그들과 같이 일행인 척 합류를 하기도 했다.

"저들은 거머리입니다. 저희의 피를 빨아먹으려는 거머리. 모두 돌을 드세요!"

안드리안의 말에 사람들은 꽤나 놀랐다. 돌을 들라는 행위가 무엇을 뜻하는지 대번에 파악했다.

"당신들은 당하고만 살 겁니까? 모든 것을 빼앗겨야 정신을 차릴 겁니까? 지켜야 합니다!"

안드리안이 소리 높여 외쳤다.

"맞아! 지켜야 해!"

중년의 사내가 돌을 잡아 머리 위로 들어올렸다. 그는 '모두 돌을 잡자! 싸우자!' 라는 말을 반복했다.

분위기에 휩쓸린 사람들이 하나둘씩 돌을 집어 들었다. 누군가 다시 외쳤다.

"우리의 가족을 지키자!"

돌이 날아갔다. 날아간 돌은 맥의 머리를 강하게 때렸다. 그의 머리가 깨지며 피가 사방으로 튀었다.

"죽여! 죽여!"

이래서 군중심리는 무섭다. 한 명이 돌을 던지기 시작하자

너도 나도 할 것 없이 맥과 동료들에게 돌을 던졌다.
눈알이 터지고, 코가 휘어지고, 이빨이 부러져도, 그들이 살려달라고 외쳐도, 사람들은 돌을 던졌다.
맥과 동료들은 한 명씩 차가운 흙바닥에 쓰러졌다. 쓰러진 그들은 더 이상 움직이지 않았다. 그제야 사람들의 돌팔매질이 멈췄다.
"주, 죽었나?"
"설마. 그 정도로."
사람들이 웅성거렸다.
"난 돌을 하나밖에 안 던졌어. 나 때문에 죽은 것이 아니야."
"나, 나도. 난 아주 조그만 돌을 던졌다고."
사람들은 또다시 자신이 저지른 죄를 회피하려고 하였다.
그런 그들을 보며 안드리안은 씁쓸하게 웃었다. 이런 자들을 위해서 영주가 목숨을 걸었다는 것이 불쌍할 뿐이었다. 어찌 보면 개죽음이었다. 만약 곤을 만나지 않았다면 손자마저 무참하게 영지에서 내쫓겼을 것이다.
"웃기고 앉아 있네."
안드리안은 모두가 들리게끔 냉소를 지었다. 사람들이 고개를 돌려 그런 안드리안을 바라봤다.
"뭐라고 했소?"

"개소리들 하지 말라고 했다."

살기가 뚝뚝 떨어질 것만 같은 차가운 말. 사람들은 자신도 모르게 몸을 부르르 떨었다.

안드리안이 쓰러진 맥과 동료들에게 다가갔다. 그녀는 손가락을 그들의 맥박을 확인했다. 역시 모두가 죽었다.

그들의 죽음을 확인한 안드리안은 고개를 돌려 마을 사람들을 보았다. 그녀의 매서운 눈빛을 마주하자 사람들은 찔끔거렸다.

"리토스 자작가의 사람을 죽이다니. 당신들 미쳤어?"

"그, 그게 무슨 말이요. 그건 당신이 먼저 돌을 던지자고 했잖소. 우리는 죄 없소. 당신이 하자는 대로 했을 뿐이요."

머리가 벗겨진 중년의 사내가 발뺌을 했다.

"내가 돌을 던지자고 했지, 사람을 죽이자고 했어?"

안드리안은 그를 비웃었다.

한낱 여자에게 비웃음을 당했기 때문인지 중년 사내는 발끈했다.

"저년이야. 저년이 우리를 옭아매려고 하는 거야. 저년이야말로 리토스 자작의 첩자다."

"지랄하고 앉아 있네."

안드리안은 씽에게 눈짓을 했다. 고개를 끄덕인 씽은 큰 걸음으로 사내에게 다가갔다.

엄청난 위압감을 풍기는 은발의 사내가 다가오자 중년 사내는 자신도 모르게 뒤로 물러났다.

씽은 사내의 멱살을 잡았다.

"이 어린놈의 새끼가 뭐하는 거야. 당장 이것 안 놔!"

중년 사내가 소리쳤다.

씽은 중년 사내를 그대로 들어 올렸다. 족히 80킬로그램은 나갈 법한 사내가 공깃돌처럼 가볍게 허공에 대롱대롱 매달렸다.

씽은 가볍게 손아귀에 힘을 주었다. 손가락이 중년 사내의 경동맥을 심하게 압박했다.

"커커커컥. 사, 살려줘."

"살려줘? 다른 사람은 그렇게 죽여놓고 살려줘?"

씽은 더욱 손아귀에 힘을 주었다. 중년 사내는 허공에 매달린 채 심하게 발버둥을 쳤지만 꼼짝도 할 수가 없었다. 금방이라도 숨이 넘어갈 듯했다. 다른 사람들은 그 광경을 지켜보고만 있었다. 선뜻 나설 수 있는 사람은 아무도 없었다.

"놔줘."

안드리안이 말했다.

씽은 중년 사내를 멀찌감치 던져 버렸다. 잠시 바닥에서 꿈틀거리던 중년 사내가 억지로 몸을 일으켰다. 그는 재빨리 이곳에서 도망을 치려고 했다.

"정말 쓰레기구만. 저 자식은 안 되겠네."

안드리안은 고개를 절레절레 흔들었다. 동시에 씽의 모습이 사람들의 시야에서 사라졌다.

"히익."

중년 사내는 소스라치게 놀랐다. 저만치 멀리 있던 은발의 사내가 어느새 자신의 앞에 나타난 것이다. 이런 인간 같지 않는 능력을 가진 자들은 그가 아는 한, 한 종류밖에 없었다.

기사.

그러고 보니 은발의 사내는 무척이나 고귀해 보였다. 농부들과는 다르게 깨끗한 피부, 신비로운 은발, 큰 신장, 모든 상황이 그가 기사라고 말을 해주고 있었다.

그제야 사내는 깨달았다. 자신이 엄청난 짓을 저질렀음을.

깨달음이 너무 늦었다.

씽의 주먹이 사내의 복부를 강타했다.

우드득—

그의 갈비뼈가 부러지는 소리가 모든 사람들의 귓가에 똑똑히 들렸다.

사람들은 자신도 모르게 몸서리를 쳤다. 붕 떴던 중년 사내는 몇 미터나 날아가 먼지 나는 바닥에 처박혔다.

그는 벌레처럼 꿈틀거렸다. 가느다랗게 경련이 이어졌다. 죽었는지 살았는지 모른다. 그의 생사를 확인하기 위해서 움직일 수 있는 사람도 없었다.

"너희는……."

안드리안이 말을 이었다. 어느새 그녀의 말투는 반말로 바뀌어 있었지만 그것을 인식하는 사람들은 없었다. 그저 중년 사내처럼 될지 모른다는 공포감이 그들의 어깨에 발을 올려놓은 듯 무겁게 짓눌렀다.

"너희들의 안위를 위해서 대대로 영지를 위해서 물심양면 일을 해온 영주를 버렸다. 더군다나 너희들의 자신들의 못된 욕망이 드러나자 그것을 감추기 위해서 리토스 자작의 첩자들을 때려 죽였다. 맞나?"

"……."

아무도 대답하지 못했다.

맞는 말인 듯하지만 묘하게 달랐다. 마치 자신들이 죄인이 된 것만 같았다. 사람을 죽였으니 죄인인 것은 맞으나 그들의 입장에서는 어쩌다 휩쓸린, 재수가 지나치게 없는, 그런 느낌이었다.

"너희가 리토스 자작의 첩자들을 죽였기 때문에 그것을 꼬투리 삼아 영지전이 벌어질 거다. 확실하게 말하지. 영지전이 벌어지면 너희는 모두 죽은 목숨이야. 영지는 탈탈 털리고 딸년과 마누라들은 노예로 끌려가게 될 거야. 당연한 말이지만 사내놈들은 모두 참수형에 처해진다."

"여, 영지전."

그제야 사람들은 사태의 심각성을 깨달았다.

영지전이란 각각의 영주가 자신의 모든 것을 걸고 싸움을 벌이는 것을 말한다.

영지전에는 세 가지 종류가 있다.

첫째는 영주끼리 생사를 걸고 싸우는 것이다. 대륙을 통틀어도 이런 경우는 거의 없었다. 서로가 소드 마스터가 아닌 이상 그런 위험부담을 짊어진 영주는 없는 것이다.

둘째는 영주 대리전이다. 서로가 믿을 수 있는 기사를 내세워 단판 혹은 삼 판, 오 판을 싸워서 이기는 자가 모든 것을 갖는 것이다.

셋째는 가장 가혹한 영지전이라 할 수 있었다. 그야말로 모든 것을 걸고 싸우는 전면전. 전쟁의 축소판이라 할 수 있었다. 여기서는 이기든 지든 서로가 많은 것을 잃게 된다.

어린 영주가 선택할 수 있는 길은 하나도 없었다. 하지만 리토스 자작은 세 가지를 모두 선택할 수 있었다.

만에 하나 리토스 자작에 세 번째 영지전을 선택한다면… 이곳에서 살아남을 수 있는 사람은 거의 없을 것이다.

"아참, 한 가지 더 말을 해주지. 너희가 문서에 사인을 했어도 마찬가지야. 리토스 자작은 너희를 노예에 가깝게 부려먹었을 거야. 세금은 90퍼센트까지 올리고. 왜냐고? 그의 입장에서는 너희는 하나도 도움이 되지 않는 족속들이니까. 죽어도 상관이 없는 가축과 같은 거야. 알겠어?"

안드리안의 말에 사람들은 얼굴이 핼쑥하게 변했다. 자신들이 어떤 선택을 하던 살아남을 수 있는 길은 별로 없었던 것이다.

리토스 자작의 첩자들에게 완벽하게 놀아났다는 말밖에.

차라리 어린 영주를 믿고 기다렸으면 목숨의 위협까지지는 느끼지 않았을 것이다. 언젠가는 리토스 자작에게 모든 것을 빼앗겼겠지만.

"이제부터 내 말 잘 들어. 너희가 살아날 수 있는 실낱같은 희망을 얘기해 주지."

"그, 그게 뭡니까?"

깡마른 청년 하나가 불안한 눈빛으로 안드리안에게 물었다. 그는 한때 켈리온 남작 가문에서 사병을 했던 홀이란 자였다.

사실 그는 주군으로 모셔온 고(故) 켈리온 남작에게 미안함을 느끼고 있었다. 그분이 죽기 전까지 서른 명의 사병이 저택을 지켰다. 저택을 지키는 일이지만 할 일은 무척이나 많았다.

영지에는 천 명 가까운 사람들이 산다. 켈리온 남작과 뮬란은 그들을 보호하는 일을 최우선으로 했다. 하여 대부분의 사병들은 마을로 나가 사람들을 돕거나 목책을 보수하는 일을 했다.

고되고 힘든 일이었지만 나름 보람이 있었다.

그러던 어느 날 갑작스럽게 영주가 사라졌다. 들리는 소문은 흉흉했다. 그리고 얼마 되지 않아 열한 살밖에 되지 않은 헤즐러가 영주가 되었다.

홀은 그런 영주가 안쓰러웠다. 그는 더욱 열심히 영주를 보살피겠다고 다짐했다.

하지만 문제가 터졌다. 리토스 자작이 찾아온 날부터였다. 그는 칠살의 기사들과 병사들을 보내 매일같이 헤즐러를 압박했다. 자금줄도 모두 막아버렸다.

세상일에 대해서 아무것도 모르는 헤즐러로서는 속수무책으로 당할 수밖에 없었다. 사실 그를 돕고 싶었다. 다른 기사들과 사병들도 마찬가지였을 것이다.

그들은 케즐러 남작과 률란에게 받은 것이 너무도 많으니까.

하지만 칠살의 기사라는 흉악한 것들의 압박에 견딜 수가 없었다. 헤즐러에게는 가족을 부양해야 한다면서 저택을 떠났지만 진실은 목숨의 위협을 강하게 느꼈기 때문이었다.

그들에게 끝까지 저항을 했던 한 명의 기사와 두 명의 사병이 싸늘한 시체가 되어서 발견되었다. 홀은 무서워서 견딜 수가 없었다. 다른 사람들도 마찬가지 기분이었을 것이다.

그들은 어쩔 수 없이 어린 영주를 버리고 저택을 떠났다.

그것이 두고두고 마음에 남았다.

그렇기에 기회가 된다면 미약한 힘이라도 보태고 싶었다. 아까 리토스 자작의 첩자라는 말을 듣고 먼저 돌을 던졌던 이유도 바로 그것이었다.

"같이 싸울 수 있는 사람을 모아라."

안드리안이 말했다.

"싸울 수 있는 사람이요?"

홀이 되물었다.

안드리안은 홀을 유심히 보았다. 아까부터 그녀에게 가장 호응을 하는 사람이 그라는 것은 진작 눈치챘다. 돌을 먼저 던진 것도 저 젊은 청년이었다. 처음에는 어떤 의도가 있지 않은가 생각했지만 눈빛을 보니 그런 것은 아닌 모양이었다.

자발적이라…….

웃기지도 않지만 저 청년은 분명 자발적으로 움직이고 있었다. 저런 청년이 열 명만 되어도 꽤 힘이 될 것이다.

"지금 영주에게는 병력이 없다. 싸울 수 있는 기사는 단 두 명뿐이다. 너희들의 입장에서 리토스 자작이 어떻게 나올 것 같은가. 머리가 있다면 생각해 보도록."

심각한 상황을 인지한 사람들은 머리를 굴렸다. 병력이 없는 영주, 리토스 자작은 분명 영지전을 걸어올 것이다. 영주의 입장에서는 받아들일 수 없었다.

그렇다면? 리토스 자작 입장에서 가장 편한 방법은 전면전이었다. 싸울 수 없는 병력이 없는 영지를 밀어버리는 것보다 손쉬운 일이 어디 있겠는가. 약탈이 일어날 것은 불 보듯 뻔한 일이었다.

"병사가 필요한 것입니까? 그럼 기사는 있습니까?"

홀이 다시 물었다. 그의 질문은 궁금증을 이기지 못한 사람들의 등을 시원하게 긁어주었다.

"칠살이라는 놈들과 대등하게 싸울 수 있는 기사는 있다."

"아아~!"

홀과 같은 생각을 가지고 있던 몇몇 사람의 탄성이 터졌다. 무시무시한 위력을 발휘하는 기사들만 견제할 자들이 있다는 것은 상당한 자신감을 불어넣을 수가 있었다.

"대신 병력이 없다. 고로 너희는 내일까지 전력을 다해서 병사들을 모집해 이곳으로 모이도록 한다. 다시 한 번 말하지만 최소한의 병력도 없다면……. 우리도 너희를 포기하겠다."

그 말은 영지민이고 나발이고 모두 죽게 내버려 두겠다는 뜻이었다. 여차하면 저 여자는 영주만 데리고 이곳을 탈출할지도 몰랐다.

"병력만 모집하면 됩니까?"

"그래. 나머지는 우리가 책임지겠다. 내일 이 시간까지 이곳이다."

훌은 '우리' 가 누굴 말하는 거냐고 묻고 싶었다. 하지만 더 이상 묻지 못했다. 그녀가 더 이상 할 말이 없다는 듯 등을 돌렸기 때문이었다.

* * *

늦은 밤.

마을을 오가는 사람은 한 명도 보이지 않았다. 몇몇 자경단만이 목책을 돌며 몬스터의 습격에 대비를 했지만 마을을 순찰하지는 않았다.

리토스 자작의 횡포로 인해 모든 사병이 일을 그만둔 상태였다. 때문에 좀도둑들이 하나둘씩 생기기 시작했고 치안은 점점 나빠졌다. 얼마 전에는 강도에게 살해당하는 사람도 생겨났다.

보통은 영주를 찾아가 강도를 잡아주십사 얘기를 하지만 그들은 아무런 말을 하지 않았다. 아니, 못했다.

치안이 극도로 나빠진 이유는 자신들이 일신의 안위를 위해서 일방적으로 영주와의 계약을 파기했기 때문이었다. 만약 켈리온 남작이나 뮬란이 살아 있었더라면 이런 일이 발생했을까?

어림도 없는 소리였다.

헤즐러가 어리고 리토스 자작의 횡포까지 더해져 영지민들은 어린 영주를 버린 것이다.

그것을 알기에 영지민들은 차마 헤즐러에게 도움을 청하지 못했다.

하여 밤이 되면 영지는 극도로 어두워진다. 술을 마신다고 하더라도 꼭 두 명 이상씩 붙어 다녔다.

덕분에 씽과 안드리안은 그들을 어렵지 않게 만날 수가 있었다.

"오랜만이네."

안드리안은 그들을 보며 빙긋 웃었다.

"그러게요. 꽤 오랜만에 뵙는 것 같습니다, 단장님."

체일과 퍼쉬, 불킨이 미소를 지었다.

켈리온 남작 영지에 가장 먼저 도착한 자들은 식신들이었다. 다른 용병들은 도착하지 않았다. 아직 시간이 며칠 더 남아 있으니 기다려 보면 될 일이다.

"표정은 나쁘지 않네. 그동안 무슨 일이 있었어?"

"시간이 남아서 퍼쉬의 고향에 다녀왔습니다. 이곳에서 멀지 않거든요."

불킨이 대신 대답했다.

"그래?"

"네."

"그곳에……."

안드리안은 말을 끊었다. 퍼쉬가 왜 용병이 됐는지 그녀도 알고 있기 때문이었다. 그다지 좋지 않은 과거. 선뜻 묻기가 힘들었다. 퍼쉬는 씁쓸한 표정을 지으며 '뭐, 그냥 그렇게 됐어요' 라고 말했다. 그냥 그렇게 됐다는 의미가 좋게 끝나지는 않았을 것이라 여겨진다.

안드리안은 더 이상 묻지 않았다.

"오랜만에 만나서 반갑지만 보다시피 이곳에서는 술 한잔할 수 있는 곳이 없어. 한잔할 시간도 없고."

"왜죠?"

퍼쉬가 물었다. 세 명의 용병은 식신이 되고 난 이후로 성격이 많이 바뀌었다. 자신들이 강해졌음을 알기 때문일까. 그들의 성격은 무척이나 침착해졌다.

"이곳은……."

안드리안은 이곳에 대한 상황을 상세히 설명을 했다. 그리고 그들이 무엇을 해야 하는지도. 식신들의 표정은 점점 험악하게 굳었다. 자신들이 해야 하는 일에 대해서 화가 난 것이 아니었다.

영지에 대한 상황.

어린 영주를 이 지경까지 몬 모든 상황에 대해서 화가 솟구치는 것이다.

"그럼 부단장님은 이곳에 터를 잡을 생각이십니까?"

퍼쉬가 물었다.

식신들은 곤과 정신적 감응이 탁월하다. 멀리 떨어져 있어도 곤이 어떤 마음을 가지고 있는지 자신들도 모르게 느끼고 있었다. 그렇기에 곤이 유일하게 존경의 뜻을 표하는 안드리안에게 터놓고 얘기할 수 있는 것이다.

"어쩔 것 같아?"

"아직 부단장님을 만나 뵙지 못해서 그분의 뜻은 이해할 수 없습니다."

"연고지가 없는 곤에게는 이곳이 최적의 장소야. 분명 곤은 헤즐러를 키울 생각이야."

"이곳에서부터 시작이란 소립니까?"

식신들의 눈빛이 서늘하게 감돌았다. 곤이 어떤 마음을 가졌는지는 그들이 가장 먼저 알았다. 가슴을 찢을 듯한 고통이 그들의 전신을 강타한 적도 있었다.

그 분노, 그 처절함, 그 악의.

곤이 느꼈던 감정을 다시 한 번 떠올리자 식신들도 그 감정에 휘말렸던 것이다.

"나는 잘 모르겠어. 하지만 너희는 나보다는 조금 더 곤의 감정에 대해서 잘 느끼겠지. 이곳에서부터 시작일지, 아닐지를."

"저희는 어떡해야 합니까?"

가장 중요한 사항이었다. 안드리안은 곤에게 들은 얘기를 그들에게 해주었다. 식신들은 진지하게 안드리안의 얘기를 들었다.

그들에게 맡겨진 임무는 그들의 예상보다 훨씬 큰 것이었다.

* * *

칠살의 쌍둥이 기사 스퀘얼과 플라이는 사병 스무 명을 데리고 켈리온 남작, 아니, 이제는 헤즐러 남작 가문의 영지를 찾았다.

사실 스퀘얼과 플라이가 헤즐러의 영지를 찾은 이유는 단순했다. 곤에게 당한 나름의 치욕을 해소하기 위해서였다. 그들은 자신들이 약하다고 생각하지 않는다.

둘이 합치면 소드 마스터 급의 강자라도 상대할 수 있다고 믿었다.

하지만 그들은 곤에게 꼴사나운 모습을 보이고 말았다. 나를 방심을 했다고 하지만 그들의 입장에서는 참을 수 없는 모욕이었다.

칠살의 쌍둥이 기사들은 마을로 들어섰다. 마을 사람들이 힐끗거리며 그들을 바라봤다. 눈치를 보는 느낌보다는 피하려는 기색이 역력했다. 며칠 전과는 확연하게 다른 모습이었다.

"으음."

스퀘얼이 신음을 흘렸다.

"왜?"

쌍둥이 동생 플라이가 물었다.

"좀 이상하지 않아?"

"뭐가?"

플라이가 되물었다.

"저 작자들……. 우리를 두려워하지 않잖아."

"그래?"

플라이는 사람들의 모습을 살폈다. 그러고 보니 며칠 전과는 확실히 다른 모습이었다. 영지민들은 며칠 전만 하더라도 리토스 자작의 기사나 병사들을 보는 즉시 피하려는 모습이었다. 눈도 마주치기를 힘들어 했다.

하지만 지금은 조금 달랐다.

그들을 두려워하는 모습보다는 피하려는 모습이 역력했

다. 두 행동의 차이는 역력하다.

"뭐지?"

플라이는 고개를 갸웃거렸다. 단 며칠 사이에 이토록 분위기가 바뀌었다는 것이 이상했다.

그는 병사들의 눈치를 보던 한 아낙에게 다가갔다. 위험을 느낀 아낙은 밖에서 놀고 있던 자식들을 급히 불러 집 안으로 들어가려고 했다.

하지만 플라이의 걸음이 조금 더 빨랐다. 그는 아낙의 멱살을 한숨의 움켜잡았다. 사나운 솔개가 급히 몸을 피하는 작은 새를 낚아채듯이. 작은 새의 눈빛이 두려움과 공포로 빠르게 변했다.

"왜, 왜 이러세요, 기사님."

"왜 이러세요, 기사님?"

"그, 그럼 뭐라고……."

"아, 됐고. 마을 분위기가 왜 이래?"

"무, 무슨 말씀이신지 모르겠는데요."

"모르긴 개뿔."

플라이는 여인의 복부를 강하게 때렸다. 여인의 허리가 90도로 크게 꺾였다.

"커어억."

여인은 배를 잡고 쓰러졌다. 얼마나 강하게 맞았는지 그녀의 입에서는 한 주먹만큼이나 피가 바닥에 쏟아졌다. 쓰러진 그녀는 이상할 만치 배를 움켜쥐고 숨을 크게 토해냈다.

"엄살 피우고 앉아 있네. 허튼짓 그만하고 그동안 마을에 무슨 일이 있었는지 말해. 안 그럼 그냥 몇 대 맞는 것으로 끝나지 않을 거야."

"저, 정말 몰라요."

여인은 간신히 숨을 토하며 쥐어짜듯이 말했다.

"이게, 내가 병신으로 보이나."

플라이는 한쪽 무릎을 꿇고, 한 손으로 여인의 머리채를 잡은 다음, 남은 손으로 주먹을 쥐고 면상을 내리찍었다. 사람이 죽을 정도로 때리지는 않았지만 모멸감을 느끼기에 충분한 고통이었다.

"크흑, 제발."

"빨리 말하라고. 왜 이곳 사람들이 우리를 그렇게 쳐다보는지. 우리 기사가 그 정도도 눈치채지 못할 정도로 엿으로 보여? 앙!"

플라이의 손찌검은 거침이 없었다. 여인이 계속해서 '그만' 이라고 했지만 플라이는 미소까지 지을 정도였다. 여인의 얼굴은 피투성이가 되었다.

창문 틈 사이로 여인의 자식들이 그것을 보며 온몸을 부들부들 떨었다. 여인은 자신에게 무슨 일이 있어도 절대로 밖으로 나오지 말라고 신신당부를 했다. 어린 아들들이지만 그것이 무엇을 뜻하는지 모를 리가 없었다.

아이들이라고는 믿기지 않는 강렬한 적의가 눈빛에서 흘러나왔다. 둘째, 셋째 아들은 울었고, 장남은 그들의 손을 꼭 잡아주었다. 입술이 터져라 꽉 깨물면서.

"제, 제발 그만하세요. 배가, 우리 아이가."

여인은 플라이의 바지춤을 붙잡고 애원했다. 그녀의 다리 사이로 시커먼 죽은피가 흐르고 있었다. 그것이 무엇을 뜻하는지 그 자리에 있던 모든 사람이 알아차렸다.

유산이 된 것이다.

그제야 플라이의 구타가 멈췄다. 어느새 마을 사람들이 하나둘씩 모여들었다. 여인은 반쯤 정신이 나간 듯 '제발 용서해 주세요' 라는 말만 반복했다.

"그만하시죠. 제가 말씀드리겠습니다."

깡마른 청년, 홀이 그 자리에 서 있었다.

플라이는 어깨를 으쓱거리며 그를 바라봤다. 고개를 약간 들고 내리깔듯이 바라봤다. 어서 말을 하라는 고압적인 태도였다. 여인의 배를 때려 유산을 시켰다는 미안한 감은 전혀 없었다.

"영주께서는 사병을 모집하고 싶어 합니다."

"영주가 사병을?"

"네."

"뭐야, 미친 건가, 그 어린 영주는?"

플라이는 배를 잡고 웃었다. 뒤편에 서 있던 그의 쌍둥이 형제와 병사들도 가소롭다는 듯이 한참을 웃었다. 웃지 않는 사람은 마을 사람들뿐이었다.

"그런데 말이야. 이곳 영주가 사병을 모으는 거랑 당신들이랑 무슨 상관이기에 분위기가 이렇게 묘하지? 정말로 사병이라도 될 생각인가."

"저희 따위가 어찌 감히 그런 생각을 하겠습니까. 저희는 그런 능력도 의지도 없습니다."

"맞아, 너희는 그런 능력도 의지도 없는 자들이지. 그러니까 그런 표정을 짓지 마. 눈알을 파내고 싶어지니까."

"이상한 표정을 지었나요. 죄송합니다. 마을 사람들을 용서해 주십시오. 감히 주제도 모르고 기사님들께 이상한 표정을 지었습니다."

홀은 손가락을 들어 자신의 왼쪽 눈을 파헤쳤다. 눅진눅진한 피가 사방으로 튀었다. 자신의 의지로 눈알을 파헤친다고 하더라도 엄청난 고통이 뒤따를 것이다.

그럼에도 홀은 고통스러운 기색을 조금도 보이지 않았다. 이윽고 그의 손에는 왼쪽 눈알이 들려 있었다. 시신경이 길게 늘어졌지만 개의치 않았다.

마을 사람들은 홀과 아낙의 처참한 모습에 그것을 끝까지 보지 못하고 고개를 돌려 버렸다.

"흥, 겨우 이런 퍼포먼스로……."

플라이가 입술을 뒤집고 이죽거렸다.

그의 어깨를 쌍둥이 기사 스퀘얼이 잡으며 작게 속삭였다.

"이제 그만해."

"뭘 그만해?"

"마을 사람들의 눈빛을 봐. 더 이상 다그치면 역효과가 난다."

"지까짓 것들이."

플라이는 마을 사람들의 보았다. 모두 고개를 돌리고 플라이와 눈을 마주치려고 하지 않았다. 분명한 것은 겁을 먹은 표정이 아니라는 것이다. 분노를 억지로 참고 있는 듯한 모습들.

스퀘얼의 말대로 더 이상 그들을 몰아세우면 폭동이 일어날 가능성도 있었다. 이쯤해서 그만해야 저들의 마음속에 두려움이 남는다.

영지를 다스리는 일은 평화적으로 해서는 안 된다. 공포정치를 해야만 우민들을 다스릴 수가 있다고 플라이는 믿었다.

"다음번에 내가 뭔가를 질문하면 바로 대답을 하도록."

"……."

"알았나?"

플라이가 조금 언성을 높였다. 금방이라도 다시 주먹이 나갈 것 같은 표정이었다.

"알겠습니다."

기어들어가는 목소리로 홀과 마을 사람들이 대답했다.

"훙, 머저리 같은 것들. 가자고."

플라이와 스퀘얼은 병사들을 데리고 그곳을 떠났다.

홀은 한쪽 손으로 피가 흐르는 눈을 꽉 막고 다른 한쪽 손으로 급히 바닥에 쓰러져 있는 아낙을 부축했다.

"형수, 형수. 괜찮습니까?"

"내… 아이가, 내 아이가. 으흐흐흐흑."

여자는 울음을 터뜨리고 말았다.

그녀의 울음은 마을 곳곳으로 퍼져 나갔다.

마을 사람들은 그런 그녀를 위로할 수가 없었다.

비록 태어나기 전의 아이라고 하더라도… 아이를 잃은 어머니의 마음은 어떤 것으로도 채울 수가 없다는 것을 알기에.

홀은 남은 한쪽 눈으로 멀어져 가는 칠살의 기사들과 병사들을 보았다. 그의 남은 눈에서 한기가 서릴 정도로 지독한 적의가 보였다.

마을 사람들도 마찬가지였다.

"사람들 모아."

홀은 짧게 말했다. 그의 뒤편에 서 있던 젊은 사내들은 고개를 끄덕인 후 마을 곳곳으로 사라졌다.

Chapter 4. 영지전

칠살의 기사 플라이와 스퀘얼은 지금 상황이 믿기지 않았다. 며칠 전까지만 하더라도 징징 짜던 꼬마 영주가 갑자기 고개를 빳빳이 들고 자신들을 쳐다보고 있는 것이다.

"지금 뭐라고 했냐, 꼬마."

플라이는 어이가 없어 큰 실례를 범했다.

"꼬마? 지금 저희 영주님에게 꼬마라고 했습니까?"

노기사 스톤의 강한 어조로 말했다. 주군이 모욕을 당했으니 금방이라도 칼을 빼 들 기세였다. 다른 노기사 에리크도 마찬가지였다.

그런 노기사들을 보며 플라이는 입술을 뒤틀었다. 어디서 듣도 보도 못한 것들이 기사라고 행세하는 것이 우스웠다. 이런 허접한 영지에서나 기사 노릇을 하지 리토스 자작의 영지였다면 진작 짐을 싸서 어디론가 쫓겨났을 위인들이었다.

"내가 말이 험했음을 인정하지. 그러나 당신들이 끼어들 자리가 아니요. 그냥 옆에서 찌그러져 있으시오."

무척이나 모욕적인 언사.

스톤과 에리크의 얼굴이 붉으락푸르락하게 변했다. 억지로 분노를 참아내고 있음이 분명했다.

"2천 골드. 영주님 혼자라면 이 돈으로 평생 호의호식하며 살 수 있습니다. 계약서에 도장을 찍으시죠. 그리고 중앙정부에 영지를 포기하겠다고 문서만 보내시면 됩니다. 뒤처리는 저희가 알아서 하겠습니다."

플라이는 헤즐러를 똑바로 보며 힘주어 말했다. 예전이라면 메이드들 뒤에 숨어서 같이 쳐다보지도 못했을 꼬마 놈인데. 지금은 자신의 눈을 마주 보고 있었다. 도대체 그동안 무슨 일이 있었던 것이지.

"다시 한 번 말하지만 거절하겠습니다. 영지를 넘길 생각은 추호도 없습니다."

헤즐러는 거절했다.

"크크, 정말 상황 판단 못 하시네. 아직 어려서 그런가. 치기밖에 남아 있지 않군요. 영지전이 벌어지면 어떤 일이 벌어질 것 같습니까."

"아무런 일도 일어나지 않을 겁니다."

"웃기는 소리를 하는군요. 다 죽을 겁니다. 개, 소, 돼지 한 마리 남기지 않고, 모조리 다."

플라이는 약간의 살기를 일으켰다. 약간이라고는 하지만 살인을 밥 먹듯이 해온 플라이였다. 살인을 한 자는 본의든 아니든 반드시 살기라는 것을 띠게 된다. 그것을 어린아이가 받아내기란 쉽지가 않았다.

헤즐러는 부르르 떨었다. 손발이 덜덜 떨렸지만 뒤로 물러서지는 않았다. 보다 못한 스톤이 헤즐러의 앞을 가로막았다.

"도대체 우리 영주님께 무엇을 하는 짓이오!"

"넌 빠지라고 했지!"

플라이는 스톤의 배를 발로 찼다. 스톤은 양손을 밑으로 가리며 플라이의 발을 막아냈다. 몇 걸음 뒤로 물러났지만 타격을 입지는 않았다.

예상외였는지 플라이는 잠시 놀라는 표정을 지었다.

"흥, 꼴에 기사라는 건가. 정말 어처구니가 없군. 영주님."

플라이는 고개를 돌려 헤즐러를 바라봤다. 그는 꽤 고급스러워 보이는 검을 빼내 들었다.

"아무래도 피를 봐야 현실을 직시할 듯합니다."

플라이는 스톤을 죽일 생각이었다. 이곳에 칠살의 리더인 케논이 없으니 그의 폭주를 막을 수 있는 사람도 없었다.

영지에 들어섰을 때부터 마을 사람들의 눈빛 때문에 기분이 더러웠던 플라이였다.

어떠하든 살의를 풀지 않으면 다른 곳에서, 예를 들면 창녀라도 돈으로 사서 난도질을 할 셈이었다. 어차피 창녀 한 명 죽었다고 기사인 그에게 뭐라고 할 사람은 없을 테니까.

너무도 억누르는 분위기에 헤즐러의 얼굴이 새파랗게 질렸다. 그렇지만 절대로 물러서지 않을 생각이었다. 스승님은 그렇게 가르치지 않으셨다. 불의에 무릎을 꿇는다면 차라리 무릎을 잘라 버리라고 하지 않으셨던가.

"어리석은 영주 같으니라고."

플라이는 스톤을 향해서 검을 휘둘렀다. 뒤에서 상황을 지켜보던 스퀘얼과 병사들은 히죽거리며 웃을 뿐, 누구도 플라이를 말리려고 하지 않았다.

순간 뭔가가 그의 팔목을 잡아당겼다.

"어?"

누군가 방해를 한 줄 알았다. 하지만 플라이의 눈에는 아무것도 보이지 않았다. 어떤 모종의 힘이 그의 팔목을 강제로 움켜잡고 있는 것이다. 있는 힘껏 팔을 빼려고 해도 소용이 없었다.

검을 들고 있던 손이 점점 방향을 바꾸었다. 바뀐 검날은 그의 목 언저리에서 멈췄다. 보이지 않는 힘이 멈춘 것은 아니다. 장난하듯이 조금씩 목을 향해서 플라이의 손을 밀고 있었다. 안쪽으로 조금만 들어가면 자신의 손으로 목을 자를 판이었다.

"뭐하는 거야?"

갑작스러운 플라이의 해괴한 행동에 스퀘얼은 고개를 갸웃거리며 물었다.

"내, 내 팔 좀 잡아봐. 어서."

기겁한 플라이가 외쳤다.

"뭐?"

"빠, 빨리."

어느새 검날은 거의 목젖에 닿았다. 날카로운 간 검날의 의해 살갗이 살짝 벌어졌다. 한 방울의 피가 목덜미를 타고 흘러내렸다.

무척이나 긴박한 상황이었지만 본인을 빼고는 누구도 그 사실을 알지 못했다.

"어서 빨리, 나 죽어!"

플라이의 외침은 무척이나 다급했다. 그제야 뭔가 이상하게 상황이 돌아간다는 것을 눈치챈 스퀘얼이 다가와 형제의 팔을 움켜잡고는 뒤로 당겼다.

갑자기 플라이의 팔을 잡고 있던 이질적인 힘이 사라졌다. 그의 팔을 잡고 강하게 뒤로 당겼던 스퀘얼은 볼썽사납게 엉덩방아를 찧고 말았다.

"아야야. 뭐하는 짓이야!"

스퀘얼은 곧 바로 일어났다. 그는 웃음을 터뜨리려는 병사들을 보며 눈살을 찌푸렸다. 병사들은 곧바로 입을 다물었다. 성질 나쁜 상사의 기분을 건드려서는 좋을 것이 없었다.

"못 느꼈어?"

플라이는 숨을 몰아쉬며 놀란 토끼 눈으로 스퀘얼에게 물었다.

"뭐가?"

"누가 내 팔을 잡아당겼잖아."

"네 팔을?"

"응."

"무슨 소리를 하는지 모르겠네. 난 네가 갑자기 자신의 목에 검을 대서 자살하려는 줄 알았다."

"그게 아니고……. 정말로 보이지 않는 힘이 나의 팔을 목으로 밀었다고."

"그런 게 가능해?"

"마법이라면 가능하지."

"아하. 그러고 보니."

마을의 분위기, 꼬마 영주의 뜻 모를 당당함, 뭔가 믿고 있다는 뜻이었다. 진작 그것을 눈치채지 못하다니.

스퀘얼도 검을 뽑았다. 쌍둥이 기사가 모두 검을 뽑자 병사들도 누구 할 것 없이 전투 자세를 취했다. 금방이라도 저택 안으로 밀고 들어갈 것 같은 분위기였다.

스톤과 에리크도 검을 뽑고는 헤즐러의 앞을 가로막았다. 아차하면 피를 볼 듯했다.

"미친 노인네들. 오늘 아주 끝장을 내주지. 당신들이 저 꼬마 영주와 함께 죽는다고 하더라도 누가 뭐라고 할 사람은 없어. 고로 너희는 사형이다."

스퀘얼은 사납게 외치며 정문 안쪽으로 다가왔다. 이미 마음을 먹었는지 살기가 눈에 띄게 늘어났다. 개구리를 바라보는 뱀의 눈.

"거기까지 했으면 좋겠군."

저택 정문 안쪽에서 들려오는 묵직한 저음의 목소리. 목소리와 함께 스퀘얼과 플라이의 살기가 씻은 듯이 사라졌다. 아니, 정확히는 사라진 것이 아니다.

어떤 모종의 힘에 의해서 강제로 해산이 됐다.

"이, 이런."

당황한 것은 스퀘얼과 플라이 쌍둥이 기사였다. 설마 작정하고 발산한 살기가 이토록 간단하게 소멸이 될 줄은 몰랐다.

그들이 생각하는 최강의 기사 케논도 이런 짓은 하지 못한다.

"너… 는."

그들은 저택의 정문 밖으로 나온 뒷짐을 진 사내를 바라봤다.

곤이라고 했던가.

그는 뒷짐을 쥐고는 쌍둥이 기사와 병사들을 내리깔듯이 바라봤다.

"사부님."

헤즐러의 표정이 밝아졌다. 그는 곤이 앞으로 나서자 공손히 옆으로 비켜섰다. 한 영지를 다스리는 영주가 보일 모습은 절대로 아니었다.

노기사들도 마찬가지였다. 그들은 곤에게 무척이나 공손하게 대했다.

"그렇군. 저것들이 네놈을 믿었어. 그렇지 않으면 저런 겁쟁이가 이토록 강하게 나올 턱이 없지."

"겁쟁이? 큭큭."

곤은 표정 없이 웃었다. 입술도, 얼굴의 근육도 전혀 움직임이 없었다. 그 기묘함이란 이루 말을 할 수가 없었다.

쌍둥이 기사는 자신도 모르게 섬뜩함을 느꼈다. 뭔가 알 수 없는 거대한 그림자가 자신들을 휘감는 그런 느낌. 아주 불쾌

했다.

"네놈이 실력 좀 있다고 까부는 모양인데……."

스퀘얼은 말을 끝내지 못했다. 어느새 그의 앞으로 곤이 다가왔다. 그가 움직이는 것을 스퀘얼은 느끼지 못했다. 갑자기 눈앞에서 나타난 듯한 기분이었다.

곤은 스퀘얼의 코앞에 섰다. 스퀘얼은 고개를 들어서, 곤이 고개를 내리깔고 서로를 바라봤다.

"실력 좀 있다고 까불었다. 그래서 네놈이 어쩔 건데."

곤은 고개를 내려 스퀘얼과 눈높이를 맞췄다. 어른이 어린 아이와 눈을 맞추듯이.

하지만 스퀘얼의 입장에서는 무척이나 굴욕적인 자세였다. 네가 어쩔 건데……. 그 말은 절대적인 강자가 약자에게나 하는 말.

스퀘얼은 이런 대접을 받아본 적이 없었다. 그는 강자였지, 약자가 아니었기에.

"이런 빌어먹을 새끼가."

스퀘얼은 검으로 곤의 목을 찔렀다. 그의 검 끝에서 희미한 오러가 흘러나왔다. 진심으로 곤의 목을 단숨에 찔러 죽일 생각이었다.

하지만 그의 뜻대로 되지는 않았다.

곤의 손이 더 빨랐기 때문이었다. 그는 물이 흐르듯 자연스럽게 스퀘얼의 검을 피했다. 그 모습이 너무도 자연스러워 스퀘얼이 일부러 곤을 피해서 검을 찌른 것처럼도 보였다.

곤은 스퀘얼의 목을 움켜잡았다. 그리고 그의 귓가에 작은 목소리로 말했다.

"내가 익힌 술법에는 이런 것도 있지. 재앙술 3식 흡마공."

스퀘얼은 곤의 손아귀에서 기이한 힘을 느꼈다. 충격을 주는 일반적인 힘이 아니었다. 목에 빨판이 묻어서 뭔가를 강제로 뜯어내는 느낌이었다.

순간!

엄청난 흡입력이 스퀘얼이 전신을 강타했다. 그가 들고 있던 검에서 오러는 김이 빠진 것처럼 피식 꺼지며 사라졌다.

"커억, 커억."

스퀘얼의 전신이 부들부들 떨렸다. 그는 지금 무슨 일이 일어나고 있는지 깨달았다. 마나가 강제적으로 곤이라는 자에게 빨려 나가고 있는 것이다. 흡마공이란 바로 마나를 빨아들이는 술법을 두고 한 얘기.

이제껏 마나를 흡수한다는 마법이 있다는 얘기는 들어본 적이 없었다.

"으가가가!"

스퀘얼의 떨림이 점점 강해졌다. 놀랍게도 그의 윤기가 흐르는 피부는 노인들처럼 자글자글하게 변했다. 검버섯이 빠르게 피어났다. 그 지경이 되어도 스퀘얼은 말 한마디 할 수가 없었다. 이미 그는 제정신이 아니었다.

"이 새끼가! 스퀘얼을 놔줘!"

스퀘얼의 상태가 이상함을 대번에 눈치챈 플라이가 이름처럼 빠르게 날아들며 곤을 향해서 검을 휘둘렀다.

곤은 목을 쥐어 잡고 있던 스퀘얼은 검이 날아오는 방향으로 돌렸다.

푸식!

스퀘얼의 등이 검에 잘렸다. 그가 입고 있던 체인 메일이 반 토막이 났으며 등뼈가 보일 정도로 깊게 상처가 났다. 아니, 정확히는 등뼈가 반쯤 잘렸다. 입고 있던 체인 메일이 아니었다면 등뼈가 아니라 허리가 반으로 잘렸을 것이다.

엎친 데 덮친 격의 충격이었다.

스퀘얼의 육신이 축 하고 늘어졌다.

"으으으, 스퀘얼!"

플라이는 절규하며 형제의 이름을 불렀다.

그를 향해서 곤은 스퀘얼을 늘어진 육체를 던졌다.

플라이가 검을 내팽개치고 스퀘얼을 받았다. 병사들이 급히 다가와 쌍둥이 기사들을 보호했다.

곤을 바라보는 병사들의 눈빛은 두려움이 가득했다. 언제나 강자로서 이곳을 방문했던 그들이지만 지금은 완전히 뒤바뀐 상황이었다.

아니, 정확히는 그들의 눈에 곤과 쌍둥이 기사들의 실력 차는 보이지 않았다. 그들이 느끼는 것은 압도적으로 불리한 분위기였다. 마치 자신들이 약자가 된 것만 같은 그런 느낌. 하여 전처럼 섣불리 나설 수가 없었다.

플라이는 스퀘얼의 목에 손가락을 가져다 댔다. 아직 죽지는 않았다. 그러나 위독했다. 어서 치료를 하지 않으면 목숨이 위험했다.

본거지로, 리토스 자작의 영지로 돌아가야 했다.

하지만…….

과연 스퀘얼이 그때까지 살아 있을 수가 있을까. 거의 불가능했다.

"이익, 너어!"

플라이는 부들부들 떨며 곤을 사납게 노려봤다.

"네 형제, 곧 죽겠군."

"죽여 버릴 거야."

"날 죽일 시간에 네 형제나 돌보지그래."

맞는 말이지만, 플라이는 어떤 식으로 형제를 살려야 하는지 감이 오지 않았다. 머릿속이 온통 하얗게 변했다.

"이거 받아라."

곤은 주머니에서 작은 병을 하나 꺼내 플라이에게 던졌다.

플라이는 병을 받았다. 매혹적인 붉은 빛이 감도는 병이었다. 그것이 무엇인지 그는 대번에 알아봤다.

"상급 포션이다. 시중에서 무척이나 고가에 거래되는 아이템이지. 지금 당장 먹이면 네 형제는 살릴 수가 있지."

"이걸 왜?"

곤의 바라보는 플라이의 눈빛에는 의아함이 가득했다. 그리고 지금까지 잘 타는 장작과 같았던 그의 적개심은 많이 누그러졌다.

이 포션을 먹일 수만 있다면 형제는 살아날 수 있었다.

하지만 이 귀한 포션을 아무런 이득 없이 주는 것은 아닐 터였다.

아마도 스퀘얼을 살리는 대가로 자신에게 독을 마시라고 하겠지.

"너는 가서 리토스 자작에게 영지전을 제안해라."

"영지전? 어떤 영지전을 바라는 건가?"

"모든 것을 걸고… 다섯 번의 대결. 생사는 불문한다."

플라이는 이해할 수가 없었다. 그는 곤이라는 자가 영지에서 손을 떼라는 말을 할 것이라 생각했다. 사실 그런 제안을 한다면 플라이는 제안을 받아들일 수가 없었다. 대신 그와 스퀘얼은 이곳에 대해서 완전히 손을 뗄 생각이었다.

하지만 영지전이라니.

곤이 상당한 수준의 기사라는 것은 알았다. 하지만 그는 혼자였다. 그 혼자서 칠살의 기사들을 모두 당해낼 수는 없었다.

더군다나 5전?

장렬하게 산화라도 하겠다는 뜻인가.

어쨌든 플라이로서는 받아들일 수 있는 제안이었다. 영지를 싹 밀어버리자는 다른 칠살의 기사들을 설득하는 것이 문제겠지만.

"알았소. 그 제안 받아들이지."

"좋아. 날짜는 이쪽이 정한다. 장소도 이쪽이 정한다. 그날에 맞춰 다섯 명의 기사를 준비해라. 물론 영지 소유권에 대한 서류도 완벽히 준비해야 한다."

"명심하지. 이제 포션을 마셔도 되겠나."

곤은 고개를 끄덕였다.

플라이는 스퀘얼에게 상급 포션을 먹였다. 효과는 뛰어났다. 금방이라도 끊어질 것만 같았던 스퀘얼의 숨소리가 정상으로 되돌아왔다.

등에 큰 상처도 어느 정도 지혈이 되었다. 어서 영지로 돌아가 상처를 치유한다면 거동하는 데는 불편함이 없을 듯했다. 물론 상당한 시일의 재활이 필요하겠지만.

"약속은 지키겠네. 이제 가봐도 되겠지?"

"물론."

플라이는 스퀘얼을 들쳐 업고는 저택에서 벗어났다. 쌍둥이 형제와 함께 왔던 병사들도 힐끗힐끗 곤을 쳐다본 후 자리를 떠났다.

저택의 정문 앞은 폭풍이 지나친 것과 같은 느낌이었다. 갑작스럽게 찾아온 적막이 부담스러웠다. 하지만 선뜻 말을 먼저 내뱉는 사람은 없었다.

참을 수 없는 약간의 시간이 지나고—

헤즐러가 곤에게 다가가 먼저 말을 붙였다.

"사부님."

"응."

"저들을 저렇게 놔둬도 괜찮은 겁니까? 나중에 더욱 화를 키울 수도 있을 것 같은데."

헤즐러는 걱정스럽다는 듯이 말했다. 소년뿐만 아니라 이곳에 있는 사람이라면 모두가 걱정하는 부분이기도 했다.

"걱정할 필요 없다."

"제자의 머리로는 도저히 이해할 수가 없습니다. 혜안을 밝혀주실 수는 없는지요."

"우선, 저들이 비록 잔학무도하지만 기사다. 긍지를 팔아먹은 기사는 좀처럼 볼 수가 없지."

곤의 말대로 기사들이 갖는 긍지는 대단했다. 간혹 그들의 긍지가 피가 튀는 대결로 연결되기도 했다. 조선으로 친다면 양반들과 비슷했다. 양반이 뛰면 체면이 구겨져 비가 세차게 오는 날에도 뛰지 않는다. 기사들의 기질이 그들과 비슷했다.

"자신들이 내뱉는 말은 어지간해서는 지키지."

"그렇군요. 그럼 영지전을 제안하신 이유도 여쭤봐도 되겠습니까?"

"영지에 다시는 눈독 들이지 마라, 이런 말은 저들에게 통하지 않아. 권리도 없고. 하지만 영지전은 그렇지 않아. 저들도 충분히 설득할 수가 있다. 일단 저들에게 불리한 점이 하나도 없으니까."

"아!"

헤즐러의 머릿속이 환하게 변했다. 그제야 곤이 말한 지도가 그려진 것이다.

"하지만 영지전을 굳이 5전 3선승제로 하신 이유가 뭡니까?"

"저들의 방심을 풀기 위해서다. 만약 단독 대결로 하자고 했자면 저들은 나를 의심했을 것이다. 뭔가 다른 꿍꿍이가 있을 거라고. 하지만 다섯 명의 기사를 내세우는 일이라면 느낌이 미묘하게 다르지. 저들은 충분히 승산이 있다고 생각했을 것이다."

"반대로 저희에게는 승산이 있나요?"

곤은 쌍둥이 기사와 병사들이 시야에서 완전히 사라진 후에야 헤즐러에게 고개를 돌려 눈을 맞췄다.

"승산이라……. 승산이 문제가 아닌 것 같구나."

곤은 싱긋 웃으며 말했지만, 헤즐러는 분명히 볼 수 있었다. 스승의 눈동자에서 나타났다 사라지는 녹색의 기운을. 녹색의 기운은 헤즐러가 본 세상의 어떤 것보다도 섬뜩한 느낌을 주었다.

"그게 무슨 말씀이신지."

"저들은 상황을 우리가 유리하게 가져가기 위해서 살려준 것이 아니야."

"그럼……."

"내가 살려준 거지. 저들은… 다신 내 눈앞에 나타나는 일이 없을 게다."

보통이라면 칠살의 쌍둥이 기사를 두고 저런 말을 하지 않는다. 한다고 하더라도 허풍으로 치부하고 말 것이다.

그럼에도 곤이 하는 말은 헤즐러의 가슴에 비수처럼 깊숙이 박혔다.

소년은 저들의 얼굴을 다시 보지 못할 것만 같았다.

* * *

폭풍 전의 고요라고 할까.

저택도, 영지도 고요하기 짝이 없었다. 살랑거리는 바람 소리만이 저택 안에 맴돌았다.

"하압! 하압!"

단, 저택 뒤편에 마련된 연무장만은 달랐다. 그곳에는 수십 명의 사내가 폭포수와 같은 땀을 흘리며 훈련에 매진하고 있었다.

그들이 어제 사병이 되기로 정식 계약을 맺은 서른 명의 마을 사람이었다.

그들 중에 약 열 명은 본래 영지를 지켰던 병사였다. 그들은 헤즐러에게 다가와 무릎을 꿇고 죄송하다며 울었다. 무서워서 그랬다고. 영주님을 버린 것은 아니라고.

헤즐러는 일일이 그들을 일으켜 손을 잡아 주었다. '고마워' 라는 말도 빼놓지 않았다. 영주의 따뜻한 마음을 알았기 때문일까. 병사가 되기로 한 그들은 더욱 눈물을 흘렸다.

헤즐러는 홀을 비롯하여 서른 명의 병사를 곤과 일행에게 소개시켜 주었다.

홀은 안드리안이 하급 포션으로 눈을 치료해 준 상태였다.

곤은 그들을 힐끗 살펴본 후, 씽에게 말했다.

"시간이 얼마 없다. 최대한 인간답게 만들어놔."

홀과 사병이 되기로 한 마을 사내들은 고개를 갸웃거렸다.

헤즐러가 곤이란 차가운 사내를 극존칭으로 대하는 것도 이해가 되지 않았지만, 인간답게 만들어놓으라는 말은 더욱 이해가 되지 않았다.

그의 말을 이해하는 데 만 하루가 걸리지 않았다.

씽이라는 자.

언뜻 마을에서 안드리안이라는 붉은 머리카락을 가진 여인과 함께 봤던 자였다. 겉으로 보기에는 귀족과 같은 풍모를 풍긴다. 허리까지 길게 뻗은 아름다운 은발은 흡사 이 세상 사람이 아닐 것 같은 분위기를 풍겼다.

외모는 또 어떠한가.

환상 속에서나 나올 법한 엄청난 미모를 갖춘 사내였다. 사내라기보다는 미소년에 가까운지도 모르겠다. 당연히 무척이나 정중할 듯싶었다.

그러나—

그의 입에서 나온 첫마디는 전혀 예상 밖의 말이었다.

"까지 말고 모두 덤벼. 내 옷깃이라도 건드는 놈이 있다면 훈련은 하지 않겠다. 대신 너희 전원이 나에게 당하면, 아주 끔찍한 지옥을 보여주도록 하겠다."

홀은 웃었다. 솔직히 말하자면 비웃음이었다.

서른 명이 한 명을 당해내지 못하는 것이 이상한 것이지, 한 명이 서른 명을 당해내지 못하는 것은 전혀 이상한 일이 아니었다.

누군가는 말했다. '지가 무슨 기사라도 돼?' 라고.

그러가 그들은 곧 믿을 수 없는 광경을 목격하고 말았다. 서른 명이 모두 뻗는 데 걸린 시간은 5분도 걸리지 않았다. 아니, 그것보다도 짧았다.

한 명에 한 방씩.

그것으로 끝이었다.

씽은 그들이 알고 있는 상식적인 기사보다 훨씬 강했다.

쓰러져 있는 병사들을 보며 씽은 웃었다.

"약속대로 해야지."

약속.

맞다.

약속대로 홀을 비롯해 병사들은 지옥을 경험하고 있었다.

노기사 스톤과 에리크는 근심이 가득한 눈초리로 연무장을 바라봤다. 서른 명의 병사가 출근 첫날부터 피똥이 싸도록 구르는 것은 이해가 간다.

사실 그들은 홀을 비롯한 몇몇 사병에게 괘씸한 마음도 없지 않아 가지고 있었다. 그렇기에 조금은 쌤통이라는 생각도 들었다.

반대로 그들의 옆에서 땀을 비 오듯이 흘리는 헤즐러를 보고 있자니 마음이 무겁고 안쓰러웠다.

헤즐러는 작은 팔과 다리를 앞으로 세운 기마 자세를 하고 있었다. 헤즐러의 스승이 되기로 한 곤이 시킨 것이다. 헤즐러는 군소리하지 않고 그가 시킨 일을 착실하게 이행했다.

헤즐러는 온실 속의 화초였다. 켈리온 남작은 하나밖에 없는 손자를 무척이나 귀여워했다. 그에게는 눈에 넣어도 아프지 않았을 것이다.

사실 헤즐러는 무척이나 귀여운 편이었다. 또래에 비해 말도 잘하고 애교도 많았다. 만약 이런 일이 벌어지지 않았더라면 더욱 사랑을 받고 성인이 돼서 영지를 물려받았을 것이다.

그러나 이제는 현실을 직시해야 한다.

헤즐러는 세상이라는 괴물 앞에 홀로 서게 되었고 소년을 보호해 줄 켈리온 남작과 아버지인 률란은 더 이상 존재하지 않았다.

울고 있을 시간 따위는 없었다.

세상의 무자비함을 알기에 곤은 가차 없이 헤즐러를 몰아세웠다.

하지만 그것을 지켜보는 노기사들의 입장에서는 심장이 타들어갈 정도로 조바심을 내고 있었다. 그들에게 헤즐러는 손자와 같은 존재였다. 태어났을 때부터 봐왔고, 소년을 키웠다.

넘어지기라도 할까 봐 노심초사했고 감기라도 걸릴까 그 무서운 홀몬 산맥으로 들어가 약초를 캐 오기도 했다.

하여 금방이라도 쓰러질 것 같은 헤즐러를 보는 것은 자신의 몸을 바늘로 찌르는 것처럼 아팠다.

"너무 혹사를 시키는 것이 아닌가 하는데."

팔짱을 끼고 헤즐러의 수련을 지켜보던 에리크가 먼저 입을 열었다.

"그렇기는 하네만. 자네가 곤에게 가서 따질 텐가?"

"……."

에리크는 머릿속에서 곤을 떠올렸다. 곤과 차가운 얼음은 동격이다. 곤이 말을 할 때마다 냉기가 뚝뚝 흐르는 것 같았다. 그래서 나이가 두 배 이상 많은 에리크는 그와 대화를 나눌 때 자신도 모르게 긴장을 했다.

솔직히 말하면 곤과 있으면 불편했다.

그의 능력은 인정하면서도.

마침 곤이 나타났다. 그는 자연스럽게 노기사의 옆에 서서 연무장을 지켜봤다. 곤이 나타난 것을 알아챈 병사들이 이를 악물고 훈련에 매진했다.

오전에 곤이 씽을 보며 했던 말 한마디.

"애들이 잘 먹고 잘살았나 봐. 독기가 없어."

씽은 '죄송합니다' 라고 말을 하고는 병사들을 쥐 잡듯이 잡았다. 병사들은 20분이 채 가기도 전에 살려달라고 빌었다.

헤즐러도 마찬가지였다. 곤이 없다고 해서 열심히 안 한 것은 아니지만, 사부를 보면 괜히 몸이 굳었다. 더욱 열심히 해서 사부의 눈에 차야 된다는 생각만이 소년의 머릿속에 가득했다.

자신이 귀족이고, 영주라는 생각은 저 멀리 발로 차버렸다. 소년에게 곤은 생명의 은인이었으며 사부였고, 아버지이고 친구였으며, 영지를 구해준 하늘과도 같은 분이었다.

"왔는가."

"네."

에리크의 말에 곤은 단답형으로 대답했다. 그나마 나이가 들었다고 대우라도 해주니 다행이었다. 곤보다 어린 그들의 자식들은 집을 지키는 개보다도 못한 취급을 받았다.

이유는 단 하나.

약한 자들이 노력도 없이 밥을 처먹는다는 것이다. 자식들은 우리도 노력을 했다고 항변했지만 곤은 귓등으로도 듣지 않았다.

노력은 말로만 하는 것이 아니라고 덧붙이면서.

안토니오와 리소스, 캄렌은 곤에게 화가 잔뜩 나서 연무장에 나오지 않고 있었다. 곤이 그들의 화를 풀어줄 리 없다고 에리크는 생각했다.

"그런데 리토스 자작과의 영지전은 어디서 벌일 생각인가?"

"마을에서 할 겁니다."

예상외로 곤은 시원스럽게 대답해 주었다.

"그들이 이곳까지 와줄까?"

"올 겁니다."

"어떻게 확신하지?"

"그런 게 있습니다."

곤이 친절하게 끝까지 알려줄 리 만무했다. 이쯤에서 대화의 내용을 돌려야 한다.

"굳이 왜 마을에서 영지전을 하는 겐가."

"당연한 것을 묻는군요."

곤은 뻔한 대답을 묻는다는 표정으로 에리크를 바라봤다. 에리크는 곤이 왜 그런 표정으로 자신을 보는지 이해할 수가 없었다.

"마을 사람들에게 소속감을 심어주려고 하는 겁니다."

"소속감?"

"네. 제국에 가보신 적 있으십니까?"

"젊었을 때 가본 적이 있네."

"그곳 사람들에게 어떤 것을 느끼셨습니까?"

"음, 여유로움이랄까."

"맞습니다. 가난하다고 하더라도 그들에게는 여유가 있습니다. 그것은 제국민 소속이라는 자부심. 내가 열심히만 살면 어떡하든 먹고살 수 있다는 미래에 대한 긍지입니다. 하지만 이곳은 어떻죠? 영주는 믿을 수가 없고, 언제 몬스터의 습격이 이뤄질지 알 수도 없고, 리토스 자작의 협박에 숨도 제대로 쉬지 못하죠. 이곳 사람들은 자존감이 떨어질 때로 떨어져 있습니다. 자존감과 소속감을 제국민 정도로 높일 수만 있다면……."

"있다면?"

에리크는 곤의 끝말을 되풀이했다.

"이곳은 어느 영지보다 부강하게 변할 겁니다."

"영지가 부강하게 변한다라……. 정말 꿈과 같은 소리군. 켈리온 남작님과 그 전대 영주님, 그 전전대 영주님의 꿈이기도 했던 말. 하지만 말일세, 그것도 영지전에서 싸워 이겨야만 가능하네. 이길 가능성은 얼마나 되나?"

에리크와 스톤은 곤을 믿고 싶었다. 하지만 아무리 머리를 굴려봐도 영지전에서 리토스 자작을 이길 가능성은 희박했다. 그것이 그들의 솔직한 심정이었다.

"이길 가능성이라니요."

곤은 아까와 같은 묘한 표정을 지었다. 도대체 뭘 묻는지 모르겠다는 표정.

꿀꺽.

스톤과 에리크는 마른침을 삼켰다. 조금 전에 보였던 곤의 표정이 인간이 아닌 것 같다고 느낀 것은 자신들의 오해일까. 그래, 잘못 봤는지도 모른다. 곤이라는 인간 자체가 워낙 뛰어나기에 자신들과는 다른 그 무엇인가가 있을 테니까.

곤이 말을 이었다.

"영지전은 미끼입니다. 승부와는 상관이 없죠."

"이해가 가지 않아."

"그냥……."

히죽.

곤은 표정 없이 입꼬리를 올려 웃었다. 눈동자의 냉혹함은 그대로였다. 그의 웃음은 무척이나 기묘했다.

그의 웃음을 보고서야 스톤과 에리크는 확신했다. 조금 전의 생각을 정정했다.

이자는 인간의 탈을 뒤집어쓴 맹수였다. 아니, 맹수보다 더한… 어쩌면 악마일지도.

스톤의 손과 발이 떨려왔다.

'우리는 여우를 쫓으려다… 악마를 불러들인 것인지도 모른다.'

"사냥입니다."

곤의 뒷말이 들렸다.

자신도 모르게 두 노기사의 손바닥은 축축하게 젖어들었다.

* * *

야심한 시각.

씽과 안드리안도 진작 잠이 들었다. 병사들 때문에 하루 종일 이리 뛰고 저리 뛰고 했으니 꽤나 피곤할 터였다.

곤은 자신의 방 한켠에 놓여 있는 작은 소파에 앉아 있었다. 두 명이 앉을 수 있는 크기였고 눕기에는 좁았다. 곤이 앉은 소파 건너편에도 똑같이 생긴 소파가 있었다.

곤은 소파 사이, 탁자 위에 놓여 있던 찻잔을 들고 입으로 가져갔다.

이미 차게 식은 차였지만 목만 축일 뿐이니 맛은 개의치 않았다.

"보고해 봐."

곤이 말했다.

곤의 건너편 소파에 앉아 있던 키스톤과 슈테이가 고개를 끄덕였다.

"먼저 제가 말씀드리겠습니다."

키스톤이 먼저 입을 열었다.

"리토스 자작의 성격으로 말씀드리면 무척이나 비열하고 탐욕스럽습니다. 하나, 간이 작고 겁이 많습니다. 단도직입적으로 영지전을 벌일 인물은 되지 않습니다."

"뒤에 누가 있다는 소린가?"

"네. 리토스 자작을 움직인 자는 헬리온 백작으로 여겨집니다."

"둘의 상관관계가 있나?"

"사실 없습니다. 헬리온 백작은 검신의 나라 아슬란 왕국에서도 다섯 손가락 안에 드는 실력자입니다. 투신(鬪神) 헬리온이라고 불립니다. 세력 또한 리토스 자작과는 비교도 되지 않습니다. 다음 후작 승계 1순위로 꼽히는 자이기도 합니다."

"이해가 가지 않는군. 그런 자가 왜 리토스 자작과 손을 잡지? 리토스 자작이 가진 모든 것을 갖다 바친다고 하더라도 손을 내저을 것 같은데. 그들이 연계할 수밖에 없는 이유를 알아냈나?"

"네."

키스톤은 망설이지 않고 고개를 끄덕였다.

그의 그런 행동에 곤은 만족스러운 표정을 지었다. 가장 믿을 수 있는 사람은 씽과 안드리안, 지금은 사라진 에리카지만 개별 능력치에서는 키스톤도 만만치 않았다.

특히 정보력에 대해서는 타의 추종을 불허한다. 곤과 안드리안이 합쳐도 그의 발끝에도 미치지 못할 것이다.

"연계 관계에 대해서 알고 있는 자를 찾기 위해서는 두 귀족과 가장 가까운 자를 찾아야 했습니다. 즉 양쪽의 밀서를 전달할 수 있는 자. 혹은 밀서를 전달하게 할 수 있는 위치에 있는 자."

"주도권을 헬리온 백작이 쥐고 있으면 쉽지 않았을 텐데."

"높은 위치에 있는 사람은 그렇겠죠. 하지만 밀서를 전달할 자는 그렇지 않았습니다. 돈을 무척이나 좋아하죠."

키스톤은 히죽 웃은 후 말을 이었다.

"그의 말에 따르면 이곳 영지와 맞닿은 홀몬 산맥에 고대 리치 킹의 던전이 숨겨져 있다고 합니다."

"리치 킹?"

"네, 리치 킹이란……."

리치 킹은 말 그대로 리치들의 왕을 뜻한다. 과거 대륙을 쑥대밭으로 만들었던 광룡 퀴클리크나 광전사 폭스겐에 비견될 정도로 악명을 떨쳤던 인물이었다.

리치 킹은 5만이 넘는 언데드 군단을 거느리고 대륙의 반을 초토화시켰다. 그가 왜 그런 짓을 저질렀는지는 많은 고서에 남겨져 있었다. 본래 리치 킹은 천재 마법사였다고 한다.

약관의 나이에 8서클을 마스터한 전무후무(前無後無)한 대마법사.

하지만 너무 뛰어난 것이 문제였다. 수많은 마법사들의 시기를 산 그는 역적으로 몰렸고, 수많은 기사와 마법사들이 그를 죽이려고 했다. 그 와중에 천재 마법사의 두 아들과 목숨처럼 사랑하는 아내를 잃었다. 천재 마법사가 보는 앞에서 처참하게 죽었다고 한다.

천재 마법사는 자신의 모든 것을 버리고 리치가 되었다. 그 뛰어난 능력으로 10년이 되지 않아 리치 킹이 되었고 대륙을 휩쓸었다.

복수를 마친 리치 킹은 홀연히 사라졌다. 그러나 문제는 거기서 끝난 것이 아니었다. 바로 리치 킹의 유물이 그것이었다.

리치 킹은 대륙에서 끌어 모은 어마어마한 양의 황금과 마법 아이템을 어딘가에 숨겼다고 한다. 인간들은 그것을 찾기 위해 리치 킹의 본거지를 샅샅이 뒤졌지만 끝내 찾지 못했고 그것은 전설로 남고 말았다.

그 리치 킹의 유물이 켈리온 남작 영지 어딘가에 있다는 소리였다.

"하긴……."

곤은 곰곰이 생각해 보았다. 켈리온 남작 가문의 가보인 마법검 폭격. 물란은 그것을 운이 좋게 영지 어디선가 구했다고 한다. 자세한 내용은 얘기하지 않았다. 리치 킹 던전 근처에서 그것을 입수했다면 어느 정도 신빙성은 갖춰진다.

“전쟁이 일어날 수도 있는 엄청난 일이군.”

“맞습니다. 그 어마어마한 유물을 헬리온 백작 혼자서 꿀꺽할 셈이죠. 아마도 리토스 자작은 그 사실에 대해서는 모를 겁니다. 영지를 넘겨라. 대신 광물 취득권은 우리가 갖겠다. 뭐, 이런 것일 테죠.”

“그 던전, 우리가 차지할 수 없을까?”

“불가능합니다. 헬리온 백작이 가만히 있지 않을 겁니다.”

“우리의 전력과 헬리온 백작의 전력을 비교하면?”

“달빛 아래 반딧불입니다. 개전과 동시에 반나절이면 이곳은 끝장날 겁니다. 아무리 마스터의 무력이 대단하다고 하더라도 헬리온 백작 가문의 저력 앞에서는 상대가 되지 않습니다.”

키스톤은 곤의 능력을 명확하게 잡아주었다. 조금은 기분 나쁘게 들릴 수도 있는 말이지만 곤은 그런 표정 없이 고개를 끄덕였다.

“헬리온 백작이 뒤에 있는 이상, 상황이 좋지 않습니다. 어쩌실 생각이십니까?”

“헬리온 백작과 직접 협상을 해야겠다.”

"직접 협상이라 하시면?"

"리토스 자작이, 아니, 리토스 자작의 영지가 없으면… 헬리온 백작도 어쩔 수 없지 않겠어?"

"서, 설마?"

키스톤은 고개를 흔들었다. 너무도 위험한 생각이었다. 코일코의 죽음으로 곤이 변한 것은 알지만, 이건 그가 알고 있던 곤과는 완전히 달랐다. 마치 다른 사람이 된 것처럼.

"이젠 슈테이의 말을 들어보지. 어찌 됐나?"

곤과 키스톤의 말을 듣고 있던 슈테이는 온몸을 바늘로 찌르는 듯한 통증을 느꼈다. 지금까지의 상황이 모두 곤의 머리에서 나온 거라면, 무서웠다. 주군으로 모시기로 한 곤의 곁에서 한시라도 빨리 벗어나고 싶었다.

하지만 본사에서 내려온 특명은 곤을 성심성의를 다해서 보필할 것.

누구로부터 도망가고 싶어도 도망가지 못한다. 영원히 세상의 모든 사람들의 뇌리에서 지워지지 않는 한.

"이봐. 슈테이."

"아, 네. 죄송합니다. 공작은 성공적이었습니다. 지금쯤 소문이 퍼져 리토스 자작의 귀에 들어갔다면……."

*　*　*

180센티에 달하는 신장. 운동을 게을리하지 않았는지 근육은 탄탄했다. 각진 턱과 짧게 자란 수염은 무척이나 남성미가 돋보였다.

눈매는 날카롭고 눈썹은 진했다. 그러나 눈동자는 그렇지 않았다. 마치 먹이를 노리는 뱀처럼 서늘했다.

그가 바로 켈리온 남작 가문의 영지를 노리는 리토스 자작이었다.

리토스 자작은 들고 있던 술잔을 바닥에 내던지며 소리쳤다.

"뭐라고? 무슨 소문이 돌고 있다고?"

옆머리만 남기고 가운데 머리가 훌렁 까진 중년 사내가 무릎을 꿇고는 부들부들 떨었다. 그는 마을의 대소사를 책임지고 있는 장로였지만 리토스 자작에게 영지민들 사이에 무슨 소문이 도는지 전하는 첩자이기도 했다.

장로는 다시 한 번 마을에서 도는 소문을 리토스 자작에게 전했다.

"그러니까 내가! 켈리온 남작 가문과 영지전을 이길 자신이 없어서 이제껏 시간을 끌고 있다고?"

"그, 그냥 소문일 뿐입니다. 마을 사람들도 켈리온 남작 가문이 통합되면 어떤 이득이 생기지 않을까 기대를 하고 있습니다. 하지만 진척이 없자 그런 소문이 도는 듯싶습니다.”

장로는 땀을 삘삘 흘리며 말했다.

“웃기는 소리. 나는 계속해서 영지들을 통합해 백작, 후작, 공작의 자리에까지 올라갈 위대한 분이시다. 이제 시작이거늘, 영지민들 따위에게 휘둘릴 수는 없다. 보여주지. 내가 얼마나 무서운지! 헤즐러에게 문서를 전달해라. 날짜와 장소, 어디든 좋으니까 이번 주 내로 정하라고!”

Chapter 5. 싸움의 징조

곤과 저택의 모든 인원이 응접실에 모여 있었다. 모두의 안색이 그다지 좋지는 않았다. 특히 헤즐러와 그를 모시는 노기사, 노기사의 가족들은 안색이 시커멓게 타 죽어가는 듯했다.

리토스 자작이 영지전을 제안해 왔기 때문이다. 놀랍게도 그는 모든 것을 이쪽의 뜻대로 하겠노라고 답신을 보냈다.

이쪽이 유리한 것은 분명하다. 하지만 다른 사람들은 그렇지 않은 모양이었다.

항상 내조를 하던 집사 텐디와 메이드 아리안, 바넬의 언성이 자신도 모르게 높아질 정도였다.

여러 언성이 오가는 가운데 곤은 가만히 듣고 있었다. 사람들은 언성을 높이면서도 곤의 눈치를 살필 수밖에 없었다.

"헤즐러."

곤이 헤즐러를 불렀다.

"네, 스승님."

헤즐러는 공손하게 대답했다.

"이 제안에 대해서 어떻게 생각하나?"

곤의 말에 모두가 입을 다물었다. 서로가 이번 영지전에 대해서 아무리 떠들어도 헤즐러의 승인이 나야 한다는 것은 모두가 알고 있었다. 그리고 헤즐러의 스승인 곤이 있다. 둘의 의견이 일치돼야 한다.

"저의 부족한 소견을 말씀드리겠습니다. 저들이 우리에게 모든 것을 맡긴 것은 잔머리가 아니라 자신감 때문이 아닐까 합니다."

"그거야 당연한 얘기고. 어디서 너는 영지전을 치렀으면 좋겠다고 생각하느냐?"

"당연히 마을입니다."

곤의 눈초리가 약간은 변했다.

"그래, 왜 그렇게 생각하지?"

"사부님께서도 생각하고 계시겠지만, 이번 영지전은 우리 영지민들의 소속감을 높일 좋은 기회가 아닙니까?"

곤은 만족스럽다는 듯이 입술을 뒤틀었다. 근래 들어 그가 가장 만족스레 웃는 모습이었다.

만난 지 얼마 되지 않았지만 쑥쑥 크는 모습이 대견스러웠다.

"맞다, 네 생각이. 그럼 이 뒤에 상황을 얘기해 줄 수 있겠니?"

곤은 턱을 괴며 저 귀여운 영주의 말을 귀담아들었다.

"저는 스승님께서 단순히 영지전에서 끝낼 것이라고 생각하지 않습니다. 우선, 모두가 인정하지 않겠지만 영지전의 불리함. 그것 역시 우리 쪽에 승산이 있다고 생각합니다."

"맞아. 아주 심플하게 생각하면 돼. 백작과 직접 협상에 나선다. 그러려면?"

"리토스 자작이 없어야 합니다."

"맞아. 무척 간단하지? 과정만 뒤틀 뿐이야. 과정은 나에게 맡기면 된다."

"알겠습니다."

헤즐러는 저택의 사람들을 돌아보았다. 사람들은 모두 헤즐러와 곤의 대화를 듣고 있었다.

곤이 대담하고 잔혹하며 매사에 냉정하게 일처리를 해오고 있었던 것은 그간의 행적으로 알 수 있었다.

하지만 해즐러는 그렇지 못했다. 어쩔 수 없이 영지를 이어

받아 하기 싫은 일을 억지로 해왔다. 이런 연약한 영주가 과연 어떻게 살아남을 수 있을까 노기사들은 걱정했다.

그러나 단 며칠 사이에 헤즐러는 바뀌었다. 곤과 헤즐러의 대화는 저토록 웃으면서 얘기할 수 있는 문제가 아니었다.

리토스 자작의 제거, 영지전의 승리, 백작과의 단독 협상권, 이 모든 것을 한꺼번에 처리하기란 거의 모든 힘을 잃은 켈리온 남작 가문에서는 불가능에 가까웠다.

설사 할 수 있다고 하더라도 얼마나 많은 사람이 희생될지 알 수 없었다.

막말로 동이 틀 때부터 별이 보일 때까지 훈련에 매진을 하고 있는 서른 명의 병사가 모조리 죽임을 당할 수도 있었다. 그뿐인가. 패배한다면 리토스 자작이 화풀이를 하기 위해서 마을을 쑥대밭으로 만들 수도 있었다.

가문의 목줄만 달려 있는 것이 아닌 셈이다. 영지민 전체의 생사가 걸린 문제였다.

며칠 전의 헤즐러였다면 겁을 먹고 저런 얘기조차 할 수 없었을 것이다.

과연 저것이 올바르게 성장하는 것인가 두 노기사와 집사, 메이드들은 걱정이 되었다.

곤의 가르침은 너무 과격하다.

노기사들은 걱정이 될 수밖에 없었다.

"자, 그럼 더 이상 왈가불가할 필요는 없겠군."

곤은 씽에게 말했다.

"영지전은 이번 주. 나흘밖에 남지 않았다. 너는 서둘러 마을로 내려가 영지전을 벌일 연무장을 만들어라."

"크기는 얼마 정도면 되겠습니까, 형님."

"크기는 상관없다. 모든 마을 사람이 볼 수 있게끔 만들어라. 어디서든 볼 수 있게."

"아하."

씽의 아름다운 얼굴이 엷게 빛났다. 무슨 생각을 하는지는 모르지만 그의 미소를 무척이나 차가웠다.

"자, 그럼 모두 일과로 돌아가자고. 만반의 준비를 해야지."

곤의 무뚝뚝한 말소리가 응접실에 울렸다.

* * *

영지전을 치를 연무장을 만들기 위한 공사가 한창이었다. 연무장은 마을 광장 중심에 만들어졌다. 일단 흙을 다지고 그 위에 반듯한 돌을 얹으면 된다. 그다지 어렵지 않은 일이었다. 그럼에도 꽤나 시일이 걸리는 것은 연무장의 높이 때문이었다.

병사들은 자그마치 흙을 2미터나 높게 쌓고는 그 위에 평평한 돌을 얹고 있었다.

왜 이런 식으로 연무장을 만드는지는 아무도 알지 못했다.

"후, 이렇게 연무장 만드는 일에 동원이 돼서 우리 훈련은 언제 하나?"

키가 작고 단단한 차돌같이 생긴 젊은 사내가 투덜거렸다. 그의 옆에 있던 홀이 말을 받았다.

"원래 군대라는 것이 다 이렇지 뭐. 작업의 연속 아니냐. 그냥 앉은 채 쉬면서 돈을 받을 줄 알았어? 그래도 마음은 편하다. 예전에 칠살 기사단인지 뭔지 놈들 때문에 도망치듯이 병사 일을 그만두고 도망갔을 때보다는 훨씬 더."

"하긴 그때 생각하면 너무 창피해서 죽고 싶었지. 매일 술이었잖아."

"그러니까. 그 어린 영주님이 수당을 주면서 '많이 못 챙겨줘 미안하다' 라고 하는데 쥐구멍이라도 들어가고 싶었다."

"나도, 나도."

"어쨌든 다행이야. 영주님의 용기를 얻으셔서."

"그런데… 새롭게 영입된 우리 기사님들 말이야."

홀의 친구인 루키가 목소리를 낮췄다. 그가 말하는 기사란 곤과 친구들을 말하는 것이다.

"응, 곤 님?"

"응, 곤 님을 비롯해서 다른 분들도 그렇고. 너무 이상하지 않아? 보통 기사들 같지 않단 말이야."

"야, 너는 그분들 회의하는 데 가본 적 없지?"

홀이 물었다.

"당연하지. 가본 적 없지. 기사님들 회의하는 데 내가 무슨 재주로 끼냐."

"내가 저번에 훈련 마치고 씽 님께 보고를 하러 응접실에 들어간 적이 있거든."

"그런데?"

"응접실에는 영주님을 비롯한 저택의 모든 분이 다 계셨지. 노기사님들의 자식들까지도 모두. 그런데 분위기가 이상한 거야. 선뜻 응접실로 들어가 씽 님께 '시키신 훈련 모두 끝냈습니다' 라고 차마 말을 할 수가 없더라고. 그래서 조금 기다렸지."

"그래서."

루키는 흥미로운 눈빛으로 홀의 얘기를 들었다. 가까이 있던 다른 병사들도 마찬가지였다. 그들은 귀를 쫑긋거리며 홀의 얘기에 집중했다.

"스톤 님의 장남인 안토니오 님께서 곤 님께 뭐라고 막 하는 거야. 말리는 사람은 없었어. 뭐, 안토니오 님이라면 기사급에 준하는 실력을 가지고 있으니 그럴 수 있다고 생각했지.

그런데 말이야."

"왜? 왜? 무슨 일이 있었는데."

"그런 경험은 처음이었다. 예전에 몇 번이나 몬스터 토벌전에 나간 적이 있잖아."

"그랬지. 작년에는 고블린 마흔 마리가, 재작년에는 리자드맨 열 마리와 트롤 한 마리가 마을에 침입했었지. 아우, 그때 꽤나 많은 사람이 죽었지. 트롤은 정말 무시무시하더라."

"그지? 지금 생각하도 끔찍해. 만약 그때 두 노기사분이 아니었다면 마을은 초토화가 됐을 거야."

그들이 말하는 재작년의 참사. 평상시에는 산맥에서 몬스터가 내려오지 않는다. 나름 먹을거리가 많은 산맥이기에 여름에는 몬스터가 잘 내려오지 않는다. 몬스터가 마을로 침입을 할 때는 대부분이 겨울이었다.

하지만 그때는 무슨 일인지 우기가 시작도 되기 전인, 늦봄에 몬스터들이 목책을 넘었다. 리자드맨도 상당히 강력한 축에 속하지만 트롤은 그보다 몇 배나 강했다. 일단 자경단으로서는 트롤을 막을 수가 없었다. 자경단이 창으로 찌르고, 그물을 던지고, 기름을 부어 불을 붙였지만 트롤을 죽일 수는 없었다.

놈의 재생 능력은 자경단의 상식보다 훨씬 뛰어났기 때문이었다.

트롤의 잔혹한 행패로 저택의 기사단이 몰려올 때까지 자그마치 스무 명도 넘는 희생자가 발생했다. 마을 사람들은 그때를 생각하면 아직도 두려움에 몸이 떨리기도 했다.

"그런데 왜 그때 얘기를 꺼내는 거야?"

루키가 물었다.

"스톤 님의 장남께서 한마디 하는 순간!"

"순간?"

"상상을 하지 못할 정도의 엄청난 힘이 내 어깨를 짓누르는 거야. 하마터면 정신을 잃을 뻔했다. 내가 그 정도로 충격을 받았는데 직접 힘을 받은 사람들은 어떻게 됐을까?"

"어떻게 됐는데?"

"트롤을 일격에 무찌를 정도의 노기사님들의 얼굴이 사색으로 변하더라. 누구도 입을 열지 못했어. 오직 그 힘에 버텨내는 것만 할 수 있었지. 그게 바로 기사들이 사용한다던 마나 같더라고. 정말로 무시무시했다. 단지 기운을 밖으로 배출했을 뿐인데. 마치 다른 세상에 온 것 같더라."

"도대체 그런 엄청난 짓을 할 수 있는 사람이 누군데?"

"누구긴 누구겠어. 영주님의 스승이 되신 분. 한 분밖에 없잖아."

"곤 님?"

"당연하지."

"하긴, 그분의 분위기는 정말 무섭더라. 가까이 갔다가는 심장마비라도 걸릴 것 같아."

"내 말이. 대신에 우리는 강력한 우군을 얻은 거야. 그분께서 리토스 자작과의 영지전을 반드시 이길 수 있다고 했다네."

"정말? 그게 가능하기나 한 거야? 마을 사람들 대부분이 이번 영지전의 패배를 기정사실화하고 있다고. 도대체 무슨 수로 이기냐고."

"나야 모르지. 우리 같은 하급 병사들이 윗분들의 생각을 어찌 알겠누. 하지만 이것 하나는 확실해."

"뭐?"

"뭔가 심상치 않은 일이 벌어지고 있다는 것. 이것 보라고. 공기가 다르잖아."

루키는 고개를 돌리며 숨을 크게 들이켰다. 무슨 공기가 다른지 전혀 모르겠다는 표정이었다.

"도대체 뭐가?"

"공기에 물 냄새가 섞여 있잖아. 날씨가 좋지만 공기에 물 냄새가 섞여 있을 때. 우리 할아버지는 이런 날에는 반드시 좋지 않은 일이 생긴다고 하셨지."

"좋지 않은 일? 그게 뭔데?"

"예를 들면 피의 비가 내릴 수도 있지."

"피의 비! 에이, 설마."

피의 비란 아슬란 왕국에서 구전으로 내려오는 저주의 날을 뜻한다. 언제서부터 그런 구전이 전해졌는지는 알 수가 없었다.

피의 비에 대해서 여러 가지 소문이 있지만 공통적인 한 가지 말이 있었다.

광룡이 나타났을 때나 폭스겐이 등장했을 때. 모두 며칠 전 피의 비가 내렸다고 한다.

물론 모든 불행에 피의 비가 내리는 것은 아니다. 지금도 일 년에 한 번 정도는 피의 비가 내린다. 유명한 연금술사인 렉톤은 우기가 시작되기 전 가뭄이 왔을 때 뜨거워진 지표면에서 작은 생명체를 빨아들여 비와 함께 지상에 떨어뜨린다고 하였다.

하여, 비가 비록 붉은색이지만 피와는 아무런 상관이 없다고. 과거의 불행은 그저 운이 나빠서 겹쳐진 것뿐이라고.

하지만 믿는 사람은 없었다.

오랜 시간에 걸쳐서 사람들의 의식 속에 뿌리가 박혔기 때문이었다. 지금도 피의 비가 오면 사람들은 불안한 마음으로 며칠씩 일을 그만두기도 했다. 그만큼 사람들의 마음속에는 피의 비에 대한 두려움이 있었다.

훌이 피의 비에 대해서 얘기한 것도 그것이 내릴 시기가 됐기 때문이었다.

“제발, 영지전이 무사히 끝났으면 좋겠다. 이 젊은 나이에 결혼도 못 해보고 죽기는 싫다고.”

루키가 고개를 흔들며 말했다.

“나도 마찬가지여.”

홀도 그의 말에 동의했다. 그들은 길게 한숨을 내쉬며 아직 반도 만들지 않은 연무장에 흙을 쌓았다.

*　　*　　*

오후 근무가 끝나고 병사들을 모두 돌려보낸 씽은 혼자서 술을 한 잔 마시기 위해 술집을 찾았다. 넓은 마을에 술집을 운용하는 곳은 단 두 군데뿐이었다. 한 곳은 안드리안과 난리를 쳐 놔서 술집 주인에게 얼굴이 팔렸다. 그리고 그 집은 너무 불친절하고 맛이 없었다.

다른 술집이 있는 것을 안 이상 굳이 그곳을 갈 필요는 없었다.

씽은 물어물어 다른 술집을 찾았다. 사람들이 가장 많이 찾는 그 불친절한 술집과는 거리가 조금 떨어져 있었다.

술집과 음식점을 겸하고 있는 것으로 보였다. 술집의 이름은 ‘장미의 집’. 처음에 갔던 술집에서는 멀리서부터 시끌벅

적한 소리가 들렸는데 이곳에선 그런 소리가 들리지 않았다.

안쪽에서 희미한 빛이 흘러나올 뿐 대체로 조용했다.

딸칵.

씽이 문을 열고 들어갔다. 문과 함께 딸랑거리는 작은 종소리가 울렸다.

"어서 오세요."

전 술집에서 들었던 투박한 목소리가 아니라 젊고 건강한 목소리가 씽의 귀를 파고들었다. 그는 고개를 들어 목소리의 주인을 살폈다.

안드리안과 같은 빨간 머리색을 지녔다. 아니, 조금 다른가. 안드리안이 금방이라도 타버릴 것 같은 진한 붉은색이라면 저 아이는 옅고 약한 붉은색이었다.

색이 옅어서 그런지 인상도 강렬해 보이지 않았다. 오히려 약해 보였다. 눈동자가 크고, 쌍꺼풀은 없었다. 키는 평균 신장보다 조금 작았다. 대략 160센티 정도. 나이는 대략 18세에서 22세 사이 정도였다. 하지만 눈 밑의 주근깨 때문에 나이가 많아 보이는 것이지 그것보다는 나이가 어린 듯했다.

소녀는 앞치마를 입고, 둥근 쟁반을 든 채 씽을 향해서 방긋 웃었다.

"혼자신가요?"

"어? 아, 네."

"호호, 무슨 대답이 그러세요."

"아, 네, 뭐."

소녀의 재기발랄한 모습에 씽은 당황했다. 그를 향해서 접근해 오는 것들은 대부분 뭔가를 바라고 있어서였다. 아니면 안드리안처럼 한판 붙자고 하거나. 저토록 사심 없이 다가오는 여인은 본 적이 없는 듯하다.

"식사? 술?"

"둘 다."

"그럼 이쪽에 앉으세요. 괜찮죠?"

소녀는 카운터 근처에 자리를 내줬다. 혼자서 식사 혹은 술을 마시러 오는 사람들을 위해서 만들어놓은 자리인 듯했다.

씽은 주위를 슬쩍 둘러보았다. 크기는 첫 번째 술집에 비해서 반 정도밖에 되지 않았다. 테이블도 열 개 정도가량, 분위기는 무척 차분했다. 왁자지껄한 그곳과는 완전히 달랐다.

보아하니 혼자서 술을 마시는 것을 좋아하거나, 조용한 분위기를 찾는 사람이 이쪽으로, 많은 사람들과 놀고 싶거나 시끄러운 것을 좋아하는 사람들이 그쪽으로 가는 듯했다.

십 대 중반으로 보이는 음유시인이 테이블 중앙에서 노래를 불렀다. 과거 대영웅이라고 불렸던 7용사의 영웅담을 노래한다. 무척이나 간드러지고 부드러운 목소리였다. 음성이 낮게 깔려서 듣고 있자니 졸음이 올 것만 같았다.

"목소리가 멋지죠?"

"응? 나?"

"네? 호호호, 무슨 소리에요. 아저씨 말고 저 음유시인이요."

씽은 자신은 아저씨가 아니라고 말을 하려다가 말았다. 어쩐지 변명처럼 느껴졌기 때문이었다. 그는 고개를 돌려 음유시인의 목소리를 감상했다. 소녀의 말처럼 음유시인의 목소리는 너무도 감미로웠다. .

"목소리가 좋군."

사실 따지고 보면 씽은 음악이라는 것을 제대로 접해본 적이 없었다. 그가 본 것은 추수를 하며 여인네들이 흥얼거리는 소리와 아이들이 길거리에서 노래를 부르는 것이 다였다.

그래서 음악이란 것에 대해서 잘 모른다. 어떤 음악이 좋은 것인지도 잘 모른다. 음유시인의 목소리가 듣기 좋은 것은 알겠지만 무엇을 부르는지도 잘 몰랐다.

"식사는 뭘로 드릴까요?"

"아무거나. 일단 술부터."

"네."

소녀는 잠시 카운터 안쪽으로 들어가더니 삶은 감자와 뭘 넣었는지 모를 스프를 들고 나왔다.

"헤헤, 보기에는 이래도 맛은 괜찮습다. 제가 보장하죠."

손님이 맛을 보장해야지, 주인장이 보장해서 어쩌자고.

씽은 스프를 맛봤다.

생각보다… 훨씬 괜찮았다. 삶은 감자도 먹을 만하다. 소금은 비싸서 사용하지 못할 테니, 뭔가 다른 조미료를 썼을 테지만 나쁘지 않았다.

음악을 듣고, 맛있는 음식을 먹는다. 이런 평온함, 아마도 처음인 듯했다. 형님의 생각대로라면 이런 평화는 잠시뿐이었다.

뒷일은 나중에 생각하자.

씽은 앞에 놓여 있던 음식을 모두 먹어치웠다. 소녀는 그 와중에도 손님들에게 주문을 받고 음식을 분주하게 날랐다. 조금 더 시간이 지나자 손님들의 숫자가 많이 빠졌다. 술을 조용하게 마시는 몇몇 손님을 빼고는 술집은 나름 한가해졌다.

"하아, 이제 좀 살 것 같네."

소녀는 손에 묻은 물을 엉덩이에 닦으면서 씽을 보며 활짝 웃었다.

"그나저나 이 동네 사람은 아닌 것 같은데."

"어떻게 알지?"

"이 동네가 얼마나 좁은데요. 이름까지는 몰라도 죄다 얼굴 한 번쯤은 다 봤다고요. 덕분에 외지인이 오면 한 번에 알아볼 수 있죠."

"온 지 좀 됐어. 지금은 외지인이라고 할 수도 없고."

"아하!"

소녀는 뭔가 생각났다는 듯이 손바닥을 마주쳤다. 그러고는 매우 의문스러운 눈빛으로 씽을 쳐다봤다.

"이야, 잘생기긴 잘생겼네. 소문이 자자하던데. 영주님의 저택에 새로 온 기사죠?"

"소문이 자자해?"

"네, 은빛 머릿결에 잘생긴 기사분 한 분, 불타는 머리카락을 가진 여기사 한 분, 얼음 왕자 같은 기사 한 분, 음침하게 생긴 기사 한 분, 기사 같지 않은 난쟁이 한 분. 이 동네가 소문은 엄청 빠르다고요. 저택 앞에서 벌어진 일, 술집 앞에서 벌어진 일, 사병들이 모인 일, 모두 쫙 퍼졌어요."

씽은 볼을 긁적거렸다.

영지가 좁은 대신 소문이 엄청 빨랐다. 이건 형님도 예상하지 못했을 것이다. 굳이 연무장은 화려하게 만들 필요는 없었던 것 같다.

"자, 일단 악수해요. 전 로즈."

소녀가 손을 내밀었다. 씽은 그녀의 손을 맞잡았다. 물기가 남아 있어서인지 손바닥은 차가웠다. 그래도 나쁘지는 않은 기분이었다.

그녀는 씽에게 흑맥주를 가져다주었다. 전에 먹었던 술집 처럼 텁텁한 맛은 없었다. 어찌된 일인지 맥주가 무척이나 시원하여 목으로 넘기기가 편했다.

"엄청 시원하죠?"

"응, 그렇군. 마법은 아니고 도대체 어떻게 한 거지?"

"별거 아니에요. 저희 가게 뒤쪽에 얕은 구릉이 있는데. 그곳에 굴을 파고 맥주를 저장시켜 놓은 거예요. 그럼 여름에도 제법 시원해서 먹기에 딱 좋죠."

"이렇게 맥주가 시원한데 왜 다들 저쪽으로 가지? 이쪽으로 오지 않고."

"후후, 당연한 소리를 하시네. 그쪽도 저희와 같은 저장창고가 당연히 있죠. 단지, 뜨내기손님에게는 싸구려 술을 내놓을 뿐이에요. 한 번만 들를 손님들에게 굳이 비싼 음식을 내놓을 필요는 없죠. 만약 그쪽에서 기사님들인 줄 알았다면 그런 맛없는 맥주를 내놓는 일 따위는 없었을 거예요."

"그런 시시콜콜한 일까지 퍼졌나 보군."

"이 마을 사람들은 사이가 좋은 편이에요."

"그런가."

"네, 어쩔 수 없죠. 몬스터들의 침입을 막아내기 위해서는 단합이 돼야 하니까요. 그렇지 않으면 이런 변방의 영지에서 견디지 못해요. 겨울은 춥지, 매년 흉작이지, 겨울마다 몬스터는 넘어오지, 중앙정부에서의 지원은 없지. 오로지 영지민들의 힘만으로 살아남아야 하니 당연히 사이가 좋을 수밖에 없죠. 더해서 영주에 대한 절대적인 믿음이 있어야 돼요. 이렇게 험한 영지에 영주에 대한 믿음이 없으면 영지민들은 뿔뿔이 흩어지고 말 거예요."

로즈는 자신도 흑맥주를 한 잔 마시며 영지에 대한 전반적인 상황을 설명했다. 어느새 손님들은 모두 갔다. 손님이 없으니 음유시인도 남아 있을 필요가 없었다. 소년은 로즈와 씽에게 인사를 하고는 술집 밖으로 나갔다. 이제는 둘밖에 남아 있지 않았다.

"젠장, 아버지가 없으니 손님들이 별로 없네. 아직 아버지 솜씨를 못 따라가나. 드시고 계세요. 손님들 자리 좀 치우고요."

씽은 혼자서 맥주를 마셨다. 청량하고 시원한 맛이 있어 어렵지 않게 술을 마실 수가 있었다. 예전에는 술이 약했는지 용병들과 함께 술을 마시다 보니까 주량이 많이 늘었다.

이 정도라면 흑맥주 다섯 잔도 마실 수 있을 듯했다.

테이블을 모두 치운 로즈가 돌아왔다. 갈증이 나는지 그녀는 단숨에 흑맥주를 마시고는 다른 흑맥주를 가지고 왔다.

"문 안 닫아?"

"천천히 닫아도 돼요. 그냥 그쪽이 좀 쓸쓸해하는 것 같아서. 말벗 좀 해드리려고요."

"내가 쓸쓸해 보인다고?"

"아니면 말고."

"큭큭큭."

어디로 튈지 종잡을 수 없는 성격의 여자였다. 말을 섞어보니 재미도 있었다.

씽과 로즈는 주거니 받거니 하면서 한동안 술을 마셨다. 어느새 씽의 옆에는 상당한 숫자의 맥주잔이 놓였다. 그의 주량보다 훨씬 많이 마신 셈이었다.

씽의 눈은 반쯤 풀렸다. 그를 알고 있는 사람들이라면 절대로 믿지 않았을 것이다. 몇몇 용병들은 씽을 보고 인조 영혼으로 만들어진 키메라로 의심하기도 했다.

그런 그가 조금이라고 하더라도 풀어진 모습을 보였다. 아마 이곳에 곤이 있었더라면 절대로 이런 모습을 보이지 않았을 것이다. 다른 사람이 있다고 했더라도 마찬가지.

어쩌면 눈앞에 로즈라는 소녀가 그를 편안하게 했는지도 모른다. 그것이 아니라면 그에 대해서 아는 사람이 아무도 없기에 이토록 풀어질 수도 있는 것이고.

로즈도 마찬가지였다.

사실 장미의 집이라는 술집은 그녀와 아버지가 둘이서 근근이 운영을 해오고 있었다.

하지만 며칠 전, 그의 아버지가 지붕을 수리하다 떨어지는 바람에 발목이 심하게 부었다. 며칠간은 쉬지 않으면 다리를 쓰지 못할 수도 있었다.

하여, 로즈 혼자서 술집을 운영하고 있었다. 그녀의 나이 18세.

한창 혼사가 오고 갈 나이였다. 특히 이곳은 인구 증가율이 높지가 않았다. 워낙 척박한 곳이기 때문이었다. 그래서 그런지 조혼이 성행했다. 첫 월경이 시작되기 전에도 시집을 가는 일이 빈번했다.

따지고 보면 로즈는 혼사가 늦은 나이였다. 물론 씽이 그것을 알 리는 없었다. 로즈가 혼자서 술집을 운영하다 보니 치근거리는 사람들도 많았다. 다행히도 술집 운영에 대한 경험이 많기에 어렵지 않게 위기를 넘길 수가 있었다.

그럼에도 정신적으로 피곤해지는 것은 어쩔 수 없었다. 그녀가 얼굴이 붉어질 때까지 씽과 같이 술을 마시는 이유.

강한 남자라는 것이 어떤 것인지 궁금해서일지도 몰랐다.

로즈는 뒤로 묶었던 머리를 풀었다. 적발이 바람에 휘날리듯 허리까지 길게 내려왔다.

작고 귀여운 아이처럼 느껴졌던 로즈가 여인이 되었다. 단지 묶었던 머리카락을 풀었을 뿐인데 여인의 향기가 물씬 풍겼다. 어쩌면 그녀의 흔들리는 눈빛과 붉은 볼 때문일까.

그것도 아니면 은은하게 빛나는 야명석 때문일까.

씽은 심장이 이상하게 떨리는 것 같았다.

“그나저나 아저씨.”

“아저씨 말고 씽이라고 불러.”

“그래요, 씽. 기사라는 사람들은 진짜로 그렇게 강해요? 바위를 자르고, 쇠를 자르고, 수십 미터씩 날아다니고. 뭐 그런다면서요.”

“비슷한 것 같군.”

“그렇구나.”

“왜 그런 것을 묻지?”

“기사님들이라면 영지전에서 져도 죽지 않겠네요.”

“자꾸 이해할 수 없는 말을 하는군.”

“마을에는 이상한 소문이 돌아요.”

길게 중얼거리듯 자신이 하고 싶은 말만 하던 로즈가 씽의 두 눈을 똑바로 바라보며 말했다.

“무슨 소문?”

“영주님께 고용된 기사님들도 리토스 자작의 편이 아닌가 하고요.”

무척이나 위험한 소리였다. 만약 씽이 정말로 리토스 자작의 수하라면 로즈는 살아남지 못한다. 그 말이 흘러나오지 않게 입을 막을 테니까. 생사 따위는 상관하지 않을 것이다. 씽이라도 그렇게 할 것이 분명했다.

그럼에도 로즈가 씽에게 단도직입적으로 그것을 물어보는 것은…….

믿고 있는 구석이 있다는 것.

씽은 마나를 사용해 오감을 넓혔다. 오감은 장미의 집 전체를 감쌌다. 막대한 마나를 가지고 있는 씽 앞에서 이 정도 넓이의 집이라면 개미 새끼 한 마리 빠져나가지 못한다.

하지만…….

누군가 있을 것이라고 기대를 했던 이곳에는 아무도 없었다. 그럴 리가 없는데. 로즈가 미치지 않고서는 그런 말을 꺼낼 리가 없었다.

'아니, 잠깐만. 반대로 생각하면 누구 따위는 없어도 된다는 말인가? 그럼?'

씽의 생각이 딱 거기서 멈췄다. 로즈의 손에 있던, 음식을 하던 식칼이 공중제비를 하듯 한 바퀴를 돌았다. 반대로 식칼을 잡은 로즈가 씽의 목덜미에 가져다 댔다. 번개와 같은 솜씨였다.

"포기를 했나? 왜 피하지 않지?"

이제껏 보이던 로즈의 목소리가 아니었다. 귀엽고 상큼하던 그녀는 사라지고 지금은 냉소적이고 서늘한 살귀만이 씽의 앞에 남아 있었다.

"포기는 무슨. 겨우 그 정도 실력 가지고 날 다치게 할 수 없으니까."

"하, 그래? 그럼 정말로 목에 구멍을 내주지."

로즈에게서 아까와는 다른 살기가 짙게 배어 나왔다. 그녀는 망설이지 않고 씽의 목을 식칼로 찔렀다. 그 순간 씽이 앉아 있던 의자가 뒤로 넘어갔다. 아슬아슬하게 식칼이 씽의 목에서 벗어났다.

"제법, 기사라 이거지?"

식칼이 로즈의 손등을 타고 밑으로 흘렀다. 살아 있는 생명처럼 움직인다. 어떤 능력을 사용하지는 않았다. 아마도 저런 움직임이 가능한 것은 피나는 훈련일 덕일 터였다.

이 여자는 모종의 조직에 속해 있는 암살자일 것이다. 왜 이런 곳에서 일을 하고 있는지는 모르지만.

일단 사로잡아서 알아볼까.

챙—

씽의 오른손에서 손톱이 튀어나갔다.

콰직—

손톱은 카운터의 바닥을 뚫고 천장으로 솟구쳤다.

누구도 예상하지 못한 공격. 설사 어느 정도 실력을 가진 기사가 로즈 대신 자리에 있다고 하더라도 알아차리지 못했을 것이다.

"크흑."

로즈가 가까스로 허리를 뒤로 눕혀 씽의 손톱을 피했다. 손톱은 천장을 뚫고 들어간 것도 모자랐다. 씽인 손목을 슬쩍 휘두르자 천장의 반으로 갈라져 버렸다.

로즈는 너무도 어이가 없다는 표정으로 씽을 바라봤다.

그녀의 눈빛에서 씽을 아는 사람이라면 누구나 가지고 있는 감정이 조금씩 떠올랐다.

두려움.

"제기랄. 이건 말도 안 돼."

로즈는 다시 씽을 향해서 덤벼들었다. 카운터를 뛰어넘으려고 한다.

씽은 입술을 비틀며 손목을 슬쩍 틀었다. 천장을 반으로 부쉈던 손톱이 기요틴처럼 밑으로 뚝 하고 떨어졌다.

꽈지지직.

벽면이 완전히 갈라졌다.

씽의 손톱은 하나가 아니다. 한 손에 다섯 개씩. 길이를 짐작할 수 없는 열 개의 장검을 동시에 사용할 수 있는 셈이었다. 어지간한 상대는 씽의 모든 손톱을 보기도 전에 죽임을 당한다.

꽈지지직—

씽은 손톱을 회수했다. 늘어난 손톱은 술집의 벽면을 반으로 갈랐다. 벽면이 우지끈거리며 무너졌다. 이러다가는 술집 자체가 무너져 내린다.

가까스로 씽의 손톱을 피하고 있던 로즈는 기가 막혔다. 이런 싸움 방식, 듣지도 보지도 못했다. 그녀도 영지의 두 노기사를 잘 알고 있었다. 그들은 강하다. 영지에서 두 노기사를 이길 수 있는 존재는 없었다.

두 노기사가 건재한 이상 가문은 무너지지 않을 줄 알았다.

하지만 걷는 자 위에는 뛰는 자가 있는 법이었다. 켈리온 남작이 죽음과 함께 영지는 비참할 정도로 기울었다. 두 노기사는 리토스 자작이 보낸 기사들보다 훨씬 약했다.

로즈에게는 충격이었다.

어렸을 적부터 믿고 따랐던 그들이 이토록 약할 것이라고는 단 한 번도 상상해 본 적이 없었다.

그런데 어느 날, 우습게도 영지에 새로운 기사가 왔다는 소문이 퍼졌다. 그들이 영지전에 나선다고 하였다. 우스웠다. 노기사들도 어쩌지 못하는 칠살이라는 기사들을 누가 상대할 수 있다는 말인가.

그래, 강하겠지. 강하니까 자신만만하게 영지전에 나선다고 했겠지.

그러나 로즈가 생각하기에 그들은 친할아버지처럼 따랐던 두 노기사보다 조금 강한 정도였다. 딱 그 정도. 그래서는 칠살의 기사들을 당하지 못한다. 그들의 무시무시한 무력을 몇 번이나 경험했던 그녀였다.

'너희는 영지전에 나가게 되면 죽을 거야. 그리고 영지를 놈들에게 빼앗기겠지. 나가지 말고 다른 방법을 찾아. 우리 영지 사람들은 그것을 원해' 라는 말을 새롭게 나타난 기사들에게 해주고 싶었다.

그렇기에 도발한 것이다.

하지만…….

'뭐야! 이 말도 안 되는 강함은?'

로즈가 상상을 했던 무력과는 차원이 달랐다. 씽이란 자는 의자에 앉은 채 한 발자국도 움직이지 않았다. 그저 장난하듯이 오른손을 움직이며 놀 뿐이었다.

분하지만… 이자는 정말 강하다.

로즈가 멈췄다. 날아오던 씽의 손톱은 로즈의 목 언저리에서 딱 멈췄다.

"왜요? 죽이지 않고."

"난 살인마가 아니야."

"당신, 리토스 자작의 수하가 아니죠?"

"아까는 수하라면서."

씽은 손톱을 집어넣었다. 그리고 카운터 위에 놓여 있던 맥주잔을 잡았다. 술집의 반이 부서졌지만 다행히도 맥주잔은 멀쩡했다. 그는 대수롭지 않다는 듯이 맥주잔의 흑맥주를 벌컥벌컥 마셨다.

"당신처럼 강한 자가 리토스 자작의 수하일 리가 없죠. 대신 우리 어리신 영주님께 뭔가를 뜯어먹기 위해서겠죠."

"너무 시선이 삐딱하군."

"이런 척박한 곳에서 살려면 외지인이라면 일단 의심부터 해야 하니까요."

"그런 걱정 마. 우리 형님께서 꼬맹이 영주를 마음에 들어하니까. 절대로 다치거나 뭔가를 빼먹거나 하지는 않을 거야."

"그게 무슨 소리죠?"

"말 그대로야. 우리 형님께서 네가 좋아하는 꼬맹이 영주를 마음에 들어 했다고."

"형님이 누군데요?"

"있어. 키는 나 정도 되고. 머리색이 검지."

"아, 그… 냉혹한 살인귀와 같은 분위기를 풍기는 남자."

"큭큭큭, 냉혹하기는 하지만 살인귀는 아니야."

"당신의 형님이란 사람은 강한가요? 칠살의 기사들을 이겨낼 만큼?"

"글쎄다. 칠살의 기사들을 직접 겪어보지 못해서 강한지 아닌지는 몰라."

"상대방의 전력도 모르면서 어떻게 영지전을?"

"형님은 영지전을 두고 이렇게 말씀하셨어."

"뭐라고요?"

"'그건 단순히 퍼포먼스다. 진짜는… 놈들의 말살이다' 라고."

"마, 말도 안 돼."

"믿지 않아도 할 수 없어. 하지만 우리 형님을 아는 자라면 어떤 말이든 허투루 듣지 않지. 형님의 말에는 무게가 있거든. 그러니까 이번 영지전에서는 모두 조심하는 것이 좋을 거야. 어떤 피바람이 불지 모르니까."

"그런 사람이 왜, 영주님을……."

왜 아무것도 남아 있지 않는 영지를, 그리고 어린 영주를 돕냐는 물음일 것이다.

"아까 말했잖아. 우리 형님께서 꼬마 영주를 마음에 들어 했다고."

"정말로 단순히 그뿐?"

"당연하지. 다른 이유가 하나 더 있긴 한데. 처음 보는 너에게 말을 할 수 있는 것은 아니고."

영주가 코일코와 많이 닮았다는 말은 차마 하지 못했다. 그것은 곤에게 굉장히 실례가 되는 말이었다.

"재미없는 얘기는 그만하고. 네 얘기나 해보지. 도대체 정체가 뭐야?"

씽은 흑맥주를 마저 마셨다. 그는 다시 한 잔 달라는 제스처를 취하며 말했다.

"술을 시키기 전에 물을 것이 있어요."

"물어봐."

"이 술집, 고조할아버지 때부터 있던 유서 깊은 술집이에요. 지금은 아버지와 둘이서 경영을 하고 있거든요. 그런데 이렇게 망가뜨려 놓다니. 꽤나 돈이 많이 들 것 같은데. 설마 떼먹지는 않겠죠?"

"뭐? 이 술집은 위장이고, 너는 암살자나 뭐 이런 것 아니었어?"

"저 같은 암살자 본 적 있어요? 그냥 술집 주인일 뿐이에요. 조금 무술을 배운. 그러니까 좋은 말로 할 때 수리비 물어주세요. 저택에 청구하기 전에."

씽은 얼굴이 있는 대로 구겨졌다. 뭔가 단단하게 꼬인 것 같은 느낌을 받았다.

Chapter 6. 싸움은 이렇게 하는 거다

영지전의 날이 밝았다. 어제까지지도 맑던 하늘이 그날따라 뒤숭숭했으며 언제라도 금방 비가 쏟아질 것만 같았다.

"참으로 우중충하구만. 오늘이 그날이제."

"가입시다. 영지가 넘어가는데… 잠시나마 우리 꼬맹이 영주님 힘내라고 말이라도 해야 되지 않겠소."

마을 사람들은 아침 일찍부터 마을 광장으로 모여들었다. 오후부터 영지전이 벌어지기로 했으나 그들에게는 상관이 없는 모양이었다.

"아따, 무슨 연무장을 이렇게 높게 쌓았노. 여긴 낮아서 제대로 보이지도 않구만."

한 노인이 말했다.

"그러게 말일세. 기사님들은 무슨 생각들을 하시는 건지. 자, 조금 높은 곳으로 올라가자고."

연무장의 높이는 대략 2미터. 싸움을 벌일 기사들에게는 그다지 높은 높이는 아니었다. 하나 굳이 왜 저런 연무장을 만들었는지 마을 사람들은 이해할 수가 없었다.

"아따, 이러다가 비 오겠구마잉. 날씨도 쪼매 쌀쌀해지고."

"참으소. 겨우 이 정도 가지고. 이제 우리 짝은 영주님 다시 못 볼 수도 있는데."

한 노인이 눈물을 훌쩍 거렸다. 어렸을 적부터 모셔온 영주가 라토스진, 개토슨지 모를 먼 친척에게 영지를 뺏길 생각을 하니 울화통이 터지는 모양이었다. 아무리 생각해도 자신들의 영지에 있는 기사들만으로는 그들을 당해낼 수가 없다고 여겨졌다.

두두두두두—

바닥에서 진동이 울렸다. 말굽 소리였다. 마을 사람들의 시선이 그곳으로 향했다.

"리, 리토스 자작이다. 모두 고개 돌려. 저 인간은 영지민들을 가축으로 여기고 있다고. 눈을 마주치면 어떤 꼴을 당할지 몰라."

청년의 말에 중앙 광장에 모여 있던 사람들은 고개를 돌렸다.

빛나는 흰색 갑옷을 입고 있는 자가 리토스 자작이라는 것을 모두가 알고 있었다. 자신의 영지도 아니면서 패악질을 부리는 악질적인 귀족. 그의 손에 죽은 마을 사람만 셋이었고 납치되듯 잡혀간 15살짜리 예쁘장하게 생긴 두 명의 여자아이도 있었다. 그녀들의 생사는 지금껏 불명이었다. 하지만 누구도 그에게 그녀들을 돌려달라는 말을 할 수가 없었다.

"워워."

마을 중앙 광장에서 리토스 자작은 말을 세웠다. 그의 뒤를 따르던 서른 명의 가사도 모두 말을 세웠다. 서른 명 모두의 검은 마스크를 썼고 이마에는 악령을 연상시키는 뿔이 달린 헬름을 쓰고 있었다.

그들의 눈빛에서 살기가 엄청났다.

기사들의 눈빛이 마을 사람들을 스치고 지나쳤다. 마을 사람들은 자신도 모르게 오한을 느끼고 몸을 부르르 떨었다. 그들과 도저히 눈을 마주칠 수가 없었다. 눈만 마주치면 당장에라도 저들이 검을 빼내 들고 목을 자를 것만 같았다.

"버러지 같은 것들이 잘도 모여 있구나."

리토스 자작은 마을 사람들을 돌아보며 말했다. 사람들은 겁에 질려 꼼짝도 하지 못했다. 몇몇 여인들은 자식들이 돌발 행동을 할까 봐 꽉 껴안은 채 고개를 숙이고 숨을 죽였다.

"내가 너희들에게 살아날 수 있는 방법을 하나 제안하지."

리토스 자작은 승자의 표정을 짓고는 바닥에 바짝 엎드린 채 바들바들 떨고 있는 마을 사람들에게 말했다.

"존."

"네, 영주님."

뒤쪽에서 리토스 자작을 상징하는 번개 모양의 문양이 그려진 깃발을 들고 있는 존이라는 기사를 불렀다. 존은 곧바로 말을 끌고 앞으로 나왔다.

"한쪽 편에 깃발을 꽂아라."

"알겠습니다."

사내는 바닥에 깃발을 강하게 내리꽂혔다. 바닥을 잘 다져놔 딱딱했지만 깃발은 무른 땅에 들어가는 것처럼 쑥 하고 박혔다.

"영지전이 시작하면 내 깃발 아래 모여라. 그럼 나를 모시는 것으로 알고 살려주마. 하지만 깃발 아래 모여 있지 않는 자들은 나를 모시지 않는 것으로 간주하겠다. 반드시 모조리 목을 쳐 주겠다. 알겠나!"

리토스 자작의 근처에 있던 노인에게 다가가 검을 꺼내 머리통을 툭툭 쳤다. 노인은 바닥에 바짝 엎드려 '살려주십시오' 만 외쳤다.

"살고 싶으면 나를 모셔라. 알겠나."

"여부가 있겠습니까. 리토스 자작님을 모시겠습니다."

"영주님."

"네?"

"영주님이라 부르라고."

"네, 네. 영주님을 모시겠습니다. 살려만 주십시오."

"후후후, 좋아. 가자. 잘들 생각하라고. 이곳에 있는 허접한 기사 따위는 칠살에게 상대도 되지 않을 테니까."

리토스 자작은 말을 출발시켰다. 곧 그는 영주의 저택을 향해서 말을 몰았다. 서른 명의 기사 역시 마을 사람들의 시선에서 사라졌다.

그들의 뒷모습을 보고 있는 사람들의 시선.

두려움도 남아 있지만 사람들의 마음에 깊이 박혀 있는 것은…….

리토스 자작에 대한 증오였다.

* * *

리토스 자작과 서른 명의 가사가 저택을 향해서 빠르게 다가오고 있었다. 그들을 마중하기 위해서 헤즐러를 비롯한 저택의 모든 사람들이 밖으로 나왔다.

곤은 팔짱을 낀 채 물끄러미 그들을 바라봤다.

그들이 다가올수록 저택 근처에 몰아치는 압도적인 위압감.

다른 기사들은 별게 아니지만 확실히 칠살의 기사라는 자들은 특별하다. 왜 저런 자들이 리토스 자작에게 붙어 있는지 알 수 없지만. 아마도 백작이 배후에 있지 않을까 여겨졌다.

"후욱, 후욱."

곤의 옆에서 헤즐러가 거친 숨을 몰아쉬고 있었다. 성격이 많이 바뀌었지만 리토스 자작을 보니 자신도 모르게 두려움에 휩싸이는 듯했다.

곤은 소년의 손을 잡았다.

헤즐러는 고개를 들어 곤을 바라보았다.

곤은 소년에게 부드러운 미소를 지었다.

"당당하다면 겁먹지 마라. 너는 외줄을 걸어가는 것이 아니다."

"넵, 스승님."

헤즐러의 얼굴이 밝아졌다. 그는 리토스 자작과 기사들이 오기를 기다렸다. 그들은 오만하게도 헤즐러의 코앞에서 멈췄다. 전마로 인해서 흩날린 먼지가 헤즐러와 식솔들을 덮었다. 무척이나 기분이 나쁠 상황이지만 누구 하나 움직이지 않았다.

리토스 자작과 기사들을 말에서 내려 헤즐러에게 다가갔다.

코앞에서, 그들이 내뿜는 기세는 가히 가공할 만했다. 마나를 사용할 줄 모르는 메이드들과 집사의 안색이 창백하게 변했다.

노기사와 그들의 자식들도 마찬가지였다. 겨우 평정심을 유지할 뿐, 놈들의 살기를 받아내기가 벅찼다.

"아함. 똥폼 잡고 앉아 있네."

안드리안이 길게 하품을 했다. 그녀의 행동에 기사들이 흠칫거렸다. 설마 서른 명이 내뿜는 기사들의 살기를 저토록 쉽게 받아낼 수 있으리라고는 생각도 하지 못했다.

그런 자가 또 한 명 있다.

씽은 안드리안만큼이나 지겹다는 표정을 새끼손가락을 들어 귀를 팠다. '앞에서 개가 짓냐' 라는 표정이었다.

당황한 것은 리토스 자작의 기사들이었다. 헬름 속에 감춰진 그들의 표정이 미묘하게 변했다. 칠살 기사들을 비롯하여 모든 기사들이 동원된 이유는, 압도적인 존재감을 보여주기 위해서였다.

의욕을 상실시키고, 강제로 무릎을 꿇리기 위한 최선의 선택.

마을 사람들까지 등을 돌리게 만들면, 어린 영주는 아무것도 할 수 없게 된다. 푼돈에 영지를 팔아치우고 그 돈을 가지고 이곳을 쓸쓸하게 떠날 수밖에 없었다.

한데 초장부터 그들의 의도는 빗나갔다. 이토록 쉽게 살기를 받아낼 수 있는 존재가 세 명이나 되다니.

"훗, 꼬맹이. 저들 세 명을 믿고 있나 보군. 겨우 기사 세 명으로 어쩌자는 건지 모르겠네. 뭐, 여튼 약속을 했으니 영지전을 벌이기로 하지."

리토스 자작은 입술을 뒤틀며 말했다. 그가 헤즐러는 향해서 한 걸음씩 다가왔다. 고의적으로 그러는 것이다. 그의 투기를 헤즐러가 받아낼 수 없기에.

"너는 왜 목숨을 걸려고 하지? 너의 능력으로는 영지를 다스릴 수가 없어. 돈도 없고, 사업 능력도 없고, 병사도 없고, 기사도 없어. 도대체 무슨 수로! 너는 이곳을 지키려고 하는 거지? 장담하지만 너는 이 상태로 일 년도 버티지 못해. 어쩌면 영지에 폭동이 일어나 너는 죽을 수도 있지. 왜 버티는 거야? 나에게 돈을 받아서 편하게 살란 말이다. 그럼 영지전 따위는 없던 일로 해주겠다."

"흡."

헤즐러는 정신이 아찔해지는 것을 느꼈다. 어떤 강력한 힘이 자신을 옭아매고 있다는 것을 알았다. 그 힘이 어디서 나오고 있는지는 대번에 눈치챘다. 속마음은 바닥에 주저앉고

싫었다. 도저히 리토스 자작이 내뿜는 투기에 대응을 할 수가 없었다.

그래도…….

그렇게 할 수는 없었다.

"이제 알았어. 당신은 나를, 그리고 우리를 현혹시키고 있어. 우리는 당신이 생각하는 것만큼 나약하지 않아."

"나약하지 않다고? 크큭큭, 무슨 개소리를 하는 거야? 너와 너희는 약해. 그것을 직설적으로 얘기한 것뿐이야. 겨우 세 명의 기사를 새로 얻었다고 기고만장한데. 저들 빼고 네가 할 수 있는 일은 뭐지? 저들이 빠지면 영지전조차 치르지 못해. 네가! 네가! 네가 할 수 있는 일은 뭐냔 말이다!"

리토스 자작은 헤글러의 정신을 낭떠러지도 몰아세웠다. 예전이라면 헤글러의 정신은 견뎌내지 못하고 붕괴가 되었을 것이다.

"나는… 할아버지의 정신을 이어, 아버지의 무력을 이어, 이 땅을 지배하는 것이 아니야! 나는 마을 사람들과 같이 잘 먹고 잘살고 싶은 것뿐이야. 그러니까 당신에게는 안 져. 그 따위 말에도 안 속아 넘어가! 무슨 일을 할 수 있냐고? 나는 영주야. 이 땅에 내가 존재하는 것만으로도 충분히 힘이 될 수 있다고!"

"뭐? 크큭큭. 미치겠군. 이 꼬마 놈이 완전히 미쳤어."

리토스 자작은 사악한 미소를 지으며 헤즐러를 향해서 한 발 더 다가왔다. 그의 무지막지한 투기가 해머처럼 헤즐러를 때렸다.

순간!

그의 투기가 씻은 듯이 사라졌다. 아니, 주변을 가득 메우고 있던 기사들의 살기 역시 눈 녹듯이 증발했다.

곤이었다. 그가 팔을 한 번 휘둘렀을 뿐이었다. 리토스 자작과 기사들의 시선이 모두 그에게로 향했다. 경악한 눈초리부터 과연이라는 눈초리까지 다양했다.

"더 이상 애들 데리고 하는 궤변 따위는 듣고 싶지 않군."

곤은 리토스 자작과 기사들을 훑어보며 히죽 웃었다.

"너는?"

"쫑알쫑알 그만 떠들고 영지전이나 준비하시지."

"감히 내가 누군지 알고?"

리토스 자작의 눈에서 지금까지와는 비교도 할 수 없는 살기가 감돌았다. 그렇지만 그의 눈빛을 받고도 곤은 냉소적인 미소를 잃지 않고 있었다.

"누군지 꼭 알아야 할 필요는 없잖아."

"귀족 모욕죄, 널 즉결 심판하겠다."

모욕을 받았다고 생각한 리토스 자작은 허리춤에 찬 칼에 손을 댔다. 상대방이 기사라고 하더라도 이토록 예의 없이 나오리라 생각하지 못했다. 어떤 기사든 자신에게 예의를 차려야 한다는 것이 리토스 자작의 생각이었다.

"큭, 그거야말로 내가 바라던 반데."

곤이 싱긋 웃었다.

그의 웃음을 본 순간 리토스 자작은 칼을 뽑지 못했다. 상대는 마치 '당장 칼을 뽑아봐. 그것이 편해' 라고 말을 하는 듯했다.

케논이 급히 다가와 리토스 자작의 팔을 잡고는 작게 속삭였다.

"영주님, 먼저 칼을 뽑으시면 영지전에 대한 규칙을 어기는 것이 됩니다."

"무슨 상관인가. 이곳에 있는 자들을 싹 처리하고 입막음을 하면 될 터인데."

"저희가 저들을 모두 쓰러뜨릴 수는 있습니다. 하지만 저희 쪽 피해도 그렇거니와 영주님의 안전을 확실하게 책임질 수 없습니다."

"그게 무슨 소린가. 칠살의 기사들이 함께 있으면서 나를 보호하지 못하다니."

"아직 저들의 정체를 알지 못합니다. 정보가 부족한 이상 함부로 나서지 않으셨으면 합니다."

"흥."

리토스 자작은 케논에게 잡힌 팔을 신경질적으로 잡아당겨서 풀었다. 영지 내에서는 유아독존적인 성격을 가진 그였다. 가신들 중에서 그에게 충고를 할 만한 사람은 없었다. 아내도, 친척도, 자식도, 오랜 시간 그를 보필해 온 가신들도 불가능했다.

딱 한 명이 있다면 칠살의 리더 케논. 그만이 리토스 자작을 약간이나마 제어를 할 수가 있었다.

리토스 자작은 자신의 생명을 무척이나 귀중하게 여긴다. 몸에 좋은 것은 엄청나게 사 먹는다. 대륙 각지에 귀중한 약재를 모으는 약초꾼들을 배치해 뒀을 정도였다. 그런 그가 목숨이 위험한 짓을 할 리가 없었다.

"흥, 오늘부로 이곳 영지를 끝장내 주지."

리토스 자작은 비릿하게 웃으며 말에 올라탔다. 그러고는 연무장이 있는 중앙 광장으로 말머리를 돌렸다.

"후아아!"

리토스 자작과 기사들이 사라지자 긴장이 풀린 헤즐러가 길게 한숨을 내쉬었다.

"괜찮나?"

"뭐, 결과적으로 괜찮은 것 같네요. 심장이 오그라드는 줄 알았어요. 그런데 사부님이 계시니 예전처럼 무섭지는 않네요."

"서로가 내뿜는 기운이 서로 비슷하기 때문이다. 예전에는 저들의 기운에 짓눌린 것이고. 당연히 어깨를 펼 수 없었던 거다."

"아, 그렇군요. 역시 사부님의 기운이 대단하군요."

"내 기운이 아니다. 너의 기운이지."

"네? 저의 기운이요? 저는 마나 같은 것도 익히지 못했는데. 그게 무슨……."

"용기다."

"용기요?"

"그래, 용기란 마음의 빛. 용기는 어떤 물리적인 힘과도 대적할 수 있지. 말은 쉽지만 용기를 가진 자란 거의 없어. 하지만 너는 저들에게 용기를 보여준 것이다."

"용기라……."

"잊지 마라. 용기는 어떤 힘에도 맞설 수 있다는 것을."

"넵. 명심하겠습니다, 스승님."

*　　*　　*

영지전의 시간의 시간이 다가왔다.

목책을 감시하는 자경단의 몇몇을 빼고는 영지에서 살아가는 모든 사람들이 이곳에 모였다고 해도 과언이 아니었다.

천 명에 가까운 마을 사람이.

리토스 자작과 기사들이 군중을 뚫고 걸어왔다.

"흥, 이 사람들 모두 내 깃발 쪽에 있을 터. 꼬맹이 새끼, 철저한 절망을 맛봐라. 주는 돈이나 덥석 먹고 떨어질 것이지."

"당연합니다. 영지민들도 분수를 알 테니까요."

리토스 자작의 부관인 곤드라스가 웃으며 말을 받았다.

하지만 그들의 얼굴은 곧 바위처럼 굳어버렸다.

"이, 이런 개자식들이."

리토스 자작이 꽂았던 깃발 아래. 그곳에는 단 한 명의 영지민도 없었다. 모두가 반대편에 앉아 있던 것이다.

리토스 자작은 머리끝까지 화가 치밀어 올랐다. 그는 깃발 반대편에 있는 마을 사람들에게 소리쳤다.

"너희들, 이러고도 무사할 줄 아나! 앙! 지금이라도 늦지 않았다. 내가 장담하지. 이번 영지전이 끝나면 반대편에 앉은 놈들은 모조리 죽일 것이다. 모조리 죽인다고! 알았나? 이번만은 용서하지. 당장 이쪽으로 와? 그럼 용서해 주겠다."

리토스 자작의 살벌한 말.

그럼에도 마을 사람들은 움직일 생각을 하지 않았다. 비록 그의 눈은 피했지만 마을 사람들의 적의는 기사들에게까지 그대로 전해졌다.

특히 쌍둥이 동생이 행한 만행. 사람들을 죽인 것보다 임신

한 여자를 폭행하여 유산하게끔 만든 것이 분노를 촉발시켰다. 물론 그것을 알지 못하는 리토스 자작의 분노는 대단했다.

"저, 저 개자식들의 목을 쳐라!"

리토스 자작이 흥분해서 외쳤다.

"저들의 목을 치는 것은 어렵지 않습니다. 하지만 지금은 때가 아닙니다. 부디 고정하십시오. 영지전은 황실에서 법적으로 명확히 정한 겁니다. 하니 이번 영지전만 끝나면 마음대로 할 수 있습니다."

리토스 자작의 부관이 그의 흥분을 가라앉혔다. 그제야 숨을 헐떡이며 흥분을 가라앉히는 리토스 자작이었다.

그는 깃발 아래 마련되어 있는 의자에 신경질적으로 앉았다. 기사들은 그의 뒤에 앉았다. 그들은 매섭게 영지민들을 노려봤지만 누구 하나 눈을 마주치는 사람이 없었다.

그럼에도 자리를 벗어나는 사람은 없었다.

"저 새끼들, 무슨 배짱인지."

칠살의 기사 레빗이 혀를 찼다. 그렇지만 그녀는 기이한 감각을 느끼고 있었다. 이 마을에 들어서면서부터였다. 그녀는 칠살 중에 가장 약하다. 하지만 감각은 가장 뛰어났다. 왜 사람들이 그녀를 레빗이라 부르겠는가. 그만큼 뛰어난 감각을 보유했다는 말과도 같았다.

칠살 기사단 중에서 최강이라 할 수 있는 케논조차 그녀의 감각을 따라오지 못할 정도였다.

그 감각에 따라 레빗은 무언가를 예상할 수 있었다. 분명 꼬마 영주는 뭔가를 감추고 있다. 그것은 새롭게 영입한 기사들을 믿는다는 뜻일 것이다.

겉보기에도 그들은 강하다. 하지만 꼬마 영주가 착각하고 있는 것이 있었다.

칠살의 기사들은 꼬마 영주가 생각하는 것보다 훨씬 강하다는 것.

특히 케논과 베어, 바이퍼를 능가하는 기사를 레빗은 아직까지 보지 못했다.

그렇지만…….

뭘까, 이 찜찜함은.

아주 쉽게 영지전에서 승리하고 이곳의 모든 것을 차지해야 하건만.

예상은 초장부터 벗어났다.

두두두두—

수백 기의 기마병이 마을 광장을 향해서 빠르게 다가왔다. 모두의 시선이 그쪽으로 쏠렸다.

선두에 선 자는 하얀 갑옷을 입고 있었다. 그에게서 뿜어져 나오는 기세는 대단했다. 어떤 행동도 하지 않았음에도 그의 투기는 마을 광장 전체를 흔드는 것 같았다.

내뿜는 투기에 비해서 얼굴은 곱상했다. 중년의 나이지만 서른 중반으로밖에 보이지 않았다.

그가 바로 투신이라 불리는 헬리온 백작이었다.

헬리온 백작이 나타나자 리토스 자작이 벌떡 일어났다. 칠살의 기사들도 마찬가지였다. 아무리 유명세를 타고 있는 칠살의 기사단이라고 하더라도 헬리온 백작에게는 한참 미치지 못한다.

투신이라 불리는 헬리온 백작을 감히 앉아서 맞이할 수는 없는 노릇이었다.

"어, 어쩐 일로 여기까지."

리토스 자작은 허리를 굽히며 말에서 내린 헬리온 백작에게 물었다. 손을 잡았다고는 하나 그가 헬리온 백작과 직접 대면한 경우는 손에 꼽을 정도로 적었다. 헬리온 백작이 그를 탐탁지 않게 여긴다는 것도 그는 알고 있었다. 하여 이런 식으로 헬리온 백작이 나타날 줄은 상상도 하지 못했다.

"리토스 자작께서 영지전을 벌인다기에 와봤소. 못 올 곳을 온 것은 아니지요?"

헬리온 백작은 2미터가 넘는 거구에서 강대한 기운을 발하며 리토스 자작에게 말했다.

"그, 그럴 리가요. 잘 오셨습니다."

리토스 자작의 이마에서는 작은 땀방울이 생겨났다. 그는 자신이 앉았던 자리로 헬리온 백작을 안내했다. 헬리온 백작은 당연하다는 듯이 자리에 앉았다. 엉뚱하게도 영지전의 주인공이 되어야 할 리토스 자작은 그 자리를 헬리온 백작에게 내주고 말았다.

리토스 자작은 헬리온 백작 옆에 공손하게 시립했다. 그는 명성, 지위, 작위, 인지도, 무력, 기사단의 숫자, 병력 등 모든 면에서 헬리온 백작과는 비교도 할 수 없었다.

막말로 헬리온 백작의 말 한마디면 리토스 자작의 영지는 하루아침에 불기둥 속으로 사라진다. 칠살의 기사들이 유명세를 타고 있다고는 하지만 헬리온 백작의 비해서는 달빛과 반딧불의 빛만큼이나 차이가 났다.

"이번 영지전… 이길 수 있겠소?"

헬리온 백작이 말했다.

"당연합니다. 제가 질 확률은 1퍼센트도 되지 않습니다. 아니, 아예 없습니다."

"헤즐러 남작이 새로 영입한 기사들도 만만치 않다고 하던데. 곤이라고 하던가."

"으음."

리토스 자작은 신음을 흘렸다. 역시 헬리온 백작은 만만한 상대가 아니었다. 정보력 또한 자신과는 비교도 되지 않는다.

하나, 결코 변하지 않는 것이 있었다.

그것은 영지전의 결과였다.

영지전에서 승리하면 헬리온 백작과의 계약은 계속될 터였고 그것을 발판 삼아 리토스 자작은 더욱 높은 곳을 바라볼 수가 있었다. 후작 승급 1순위 헬리온 백작, 그의 오른팔이란 소문만 나도 리토스 자작은 모든 귀족의 꽃이라는 백작으로 승급할 가능성이 열린다.

비록 헬리온 백작이 자신을 마음에 들어 하지 않는다고 하더라도 끝까지 붙어 있을 셈이었다.

"걱정하지 마십시오. 이번 영지전을 끝으로 모든 것을 꼬맹이 영주에게 받아낼 겁니다."

"불쌍하니까 빈털터리로 내쫓지는 말게나. 최소한 먹고살 정도의 돈은 남겨줘."

"알겠습니다."

리토스 자작은 고개를 끄덕였다. 사실 이번 영지전을 끝으로 헤즐러에게 모든 문서를 받아낸 후, 소년을 먼 변방으로 쫓아낼 생각을 하고 있었다. 한 푼의 돈도 없이, 하나의 재산도 없이.

나름 소년 때문에 골머리를 앓은 리토스 자작의 분풀이였다.

하나 헬리온 백작이 저렇게까지 말을 하니 생각대로는 할 수 없었다. 헤즐러에게 500골드쯤을 주고 나서 변방으로 쫓아버릴 것이다. 아마도 헤즐러는 강도를 만나 500골드를 모두 빼기고 쓸쓸하게 죽어가겠지. 물론 500골드는 자신의 수중으로 다시 돌아올 것이다.

웅성웅성.

마을 광장을 빼곡하게 가득 메운 사람들에게 움직임이 일어났다. 헤즐러 남작의 저택이 있는 방향에서 사람들이 다가오고 있었다. 그들이 누군지는 이곳에 있는 모든 사람이 알고 있었다. 마을 사람들의 표정이 가지각색이었다. 그중에서 자신들의 작은 영주를 걱정하는 표정이 대다수를 차지했다.

만약 이곳에 헬리온 백작과 리토스 자작이 눈을 시퍼렇게 뜨고 있지 않았다면 대놓고 자신들의 영주를 강하게 응원했을 것이다.

헬리온 백작은 고개를 헤즐러 남작과 그의 가신들이 다가오는 곳을 바라보았다.

그의 눈동자 속에는 여러 기운이 보였다.

헬리온 백작은 선천적으로 사람들의 기운을 색으로 구별할 수가 있었다. 어렸을 적에는 자신이 어떤 병에 걸린 것이 아닐까 걱정은 했지만, 수련을 쌓고 능력에 대해서 알게 되니 그것은 신이 주신 선물이라는 것을 알았다.

상대방의 색을 구별할 수 있다는 말은 성격도 파악할 수 있다는 것.

상대방의 성격을 구별할 수 있다면 어떤 방식으로든 상대를 할 수가 있었다.

꼬마 영주의 진영에서 나오는 색은 여러 가지가 뒤섞여 있었다. 각각의 사람들마다 똑같은 색은 하나도 없으니까.

자잘한 색들은 상관할 필요가 없었다. 가장 큰 색만 구별해내면 된다. 그들이 영지전에 참가할 진정한 강자들, 어린 영주는 그들을 믿고 이런 무모한 짓을 저질렀을 터였다.

먼저 화염처럼 시뻘건 불빛. 굉장한 투지다. 이 색을 가진 자는 아마도 자신과 같은 투사형 기사일 것이다.

다음으로는 차가운 푸른빛.

"으음, 뭐지 이건."

헬리온 백작은 눈살을 찌푸리며 얕은 신음을 흘렸다.

푸른색이란, 차가움, 하늘, 냉정, 이성 등의 감정을 나타낸다. 대체로 푸른색 빛을 내는 자들은 지휘관이나 마법사들이 많았다. 그러나 상대는 기사일 터였다. 냉정함을 가진, 잘 흥분하지 않는 성격의 기사.

문제는 저 가공할 마나의 양이었다. 거대한 마나의 양을 이겨내지 못하고 공간 자체가 일렁거렸다.

투신이라 불리는 헬리온 백작 자신보다도 두 배 이상 많은 마나의 양이었다.

이제껏 저토록 많은 마나를 보유하고 있는 자는 보지 못했다.

'도대체 저 많은 양의 마나를 어떻게 보유할 수가 있는 거지? 육체가 강철로라도 되어 있는 것 아니야?'

제아무리 헬리온 백작이라고 하더라도 상식을 벗어난 일은 이해할 수가 없었다.

저토록 막대한 양의 마나를 보유하기 위해서는 그만큼의 육체 능력이 뒤따라 줘야 했다. 여름에 농사를 짓기 위해서는 수로와 제방을 건설해야 한다. 그 제방의 크기가 커질수록 많은 양의 강물을 비축할 수가 있었다.

마나도 같다. 거대한 힘을 사용하기 위해서는 제방과 같은 단전이 필수적으로 있어야 했다. 그리고 마나를 이용하기 위해서는 튼튼한 수로가 필요했다.

수로와 제방은 한순간에 만들 수 있는 것이 아니다. 아주 오랜 시간 동안 공을 들여야 한다.

즉 많은 마나를 쌓기 위해서는 그만큼의 연륜이 필요하다는 소리였다.

지금 푸른색의 성질을 가지고 있는 자는 헬리온 백작의 상식으로 최소 2백 년 이상을 산 마스터 급의 기사야만 했다.

그것도 놀랄 일이지만…….

문제는 다른 쪽이었다.

"흐흡."

헬리온 백작은 뒷머리가 쭈뼛 서는 느낌을 받았다. 순간적으로 온몸을 날카로운 이빨이 잡아 뜯는 섬뜩함.

"저건……."

검은색의 기운.

검은색이 상징하는 기운은 절대적 죽음, 악의, 적의, 공포, 두려움 등이다. 검은색과 좋은 단어는 한 가지도 같이 들어가지 않는다.

더군다나 저 느낌은 지독할 정도로 짙다. 설사 마족이라고 하더라도 저토록 짙은 검은색일 수는 없었다.

마왕이라도 나타난 것일까.

헬리온 백작은 자신도 모르게 검에 손을 쥐었다. 색으로 상대방의 성질을 분간할 수 있는 그의 특이한 능력 때문에 꼬마 영주를 도와주려는 자들의 본질을 어느 정도 파악할 수가 있었다.

헤즐러라고 했던가.

꼬마 영주, 도대체 넌 어떤 괴물들을 끌어들인 거냐. 이런 괴물들인지 알고는 있는 건가.

헬리온 백작은 생각을 멈췄다.

마을 사람들이 양쪽으로 벌어지며 헤즐러 영주와 가신들이 모습을 드러냈다.

헬리온 백작은 헤즐러의 주위 사람을 샅샅이 살폈다. 그가 느꼈던 세 개의 강대한 기운.

한 명은 빨간 머리를 한 여자였다. 투사의 기운을 가진 여기사.

그리고 강대한 마나를 가진 자도 알아봤다. 은발의 미청년.

'뭐냐, 저건. 저건 인간이 아니야. 마수다.'

헬리온 백작은 씽의 본질을 단숨에 꿰뚫어 봤다. 왜 그가 그토록 강대한 마나를 가지고 있는지도.

마지막으로 그는 곤을 보았다. 겉으로 보기에는 특이한 점이 없었다. 헬리온 백작을 모시는 기사들도 곤에게 큰 관심을 두지 않았다.

솔직히 말하자면 헬리온 백작도 본인의 특수 능력이 아니었다면 곤이라는 자를 그냥 지나쳤을지도 모른다.

저 검은 내력.

저자는 영지전 따위는 신경도 쓰지 않을 것이다. 더욱 멀리 내다보고 있을 것이 확실했다.

씨익—

헬리온 백작은 입술을 뒤틀며 미소를 지었다. 그는 리토스 자작을 좋아하지 않는다. 하이에나 같은 놈이기에. 하여 어지간해서는 그와 마주치기를 꺼렸다.

한데 그가 다스리는 영지에서 해괴한 소문이 돌기 시작했다.

—헬리온 백작 각하와 헤즐러 남작이 손을 잡아야 한다. 그렇지 않으면 아슬란 왕국이 거대한 재앙에 휘말릴 것이다.

터무니없는 소문이었다.

그렇지만 그냥 흘려듣기에는 그의 감이 너무 좋지 않았다. 최소한 눈으로 확인을 하자 하여 헬리온 백작은 기사단을 이끌고 몸소 이곳까지 행차한 것이다.

확실히 오기를 잘했다.

꼬마 영주.

너는 무시무시한 패를 손에 쥐었구나. 이제 과연 어떻게 될까. 한번 놀아보아라.

헬리온 백작은 의자에 몸을 묻었다.

헬리온 백작을 알아본 헤즐러가 고개를 깊이 숙였다. 예전처럼 비굴한 모습은 보이지 않았다. 그런 헤즐러의 모습에 헬리온 백작은 고개만 까닥였다.

헤즐러의 성격이 정말로 당당해진 것인지, 뒤에 있는 세 명의 기사들을 믿고 저러는 것인지 알 수는 없었다. 곧 그 이유가 드러날 것이다.

"그나저나 연무장은 왜 이렇게 높게 만든 것인가?"

헬리온 백작은 리토스 자작에게 고개를 돌려 물었다.

"그, 그게 저도 잘."

"꼬마 영주가 이렇게 만든 것인가?"

"네, 그렇습니다. 남들에게 뭔가를 보이고 싶었나 봅니다. 아직 어린데도 싹수가 노랗거든요."

"흠, 과연 그럴까."

"무슨 말씀이신지."

"아니오. 곧 연무장을 이렇게 높게 만든 이유가 드러나겠지."

헬리온 백작의 예상대로 곤이 연무장 위로 펄쩍 뛰어올랐다. 그는 냉담하게 가라앉은 눈으로 리토스 자작의 진영을 훑어보았다.

그리고 리토스 자작의 옆에 앉아 있는 거구의 사내가 헬리온 백작이라는 것을 대번에 눈치챘다. 그를 이곳으로 끌어낸 역할을 한 것이 슈테이.

정보전이라면 누구보다 탁월한 능력을 발휘하는 슈테이였다. 그가 아니었다면 이토록 빠른 시간 안에 헬리온 백작을 끌어낼 수 없었을 것이다.

물론 상황이 뒤틀렸다면 플랜 B를 가동했을 테지만, 슈테이 덕분에 일이 수월하게 풀린 것도 부정할 수는 없었다.

"먼저 영지전을 찾아주신 모든 사람들께 감사의 인사를 올립니다."

곤은 최대한 차분하게 담담한 목소리로 말했다. 마나를 담지 않은 목소리는 모든 이들의 귓가에 똑똑히 들렸다.

진 쪽은 모든 것을 잃는 영지전에서 무슨 예의를 이토록 차려야 하는지 모르겠다. 본래 곤은 영지전의 룰만 사람들에게 말을 하려고 했으나 집사와 두 노기사가 절대 안 된다면서 뜯어말리는 바람에 할 수 없이 그들이 적어준 대로 격식을 갖춰 얘기를 했다.

한참이나 쓸데없는 말로 시간을 채운 곤은 본론으로 들어갔다.

"이번 영지전의 룰은 간단합니다. 양측의 기사들 다섯 명씩 출전하여 먼저 3승을 거두는 쪽이 모든 것을 가집니다. 영지도, 재산도, 사람도, 작위도."

곤은 리토스 자작을 바라보았다. 그는 귀찮다는 듯이 한 손을 흔들며 말했다.

"이의 없네."

곤은 헤즐러를 바라보았다.

"이의 없습니다."

"좋습니다. 그럼 바로 시작하도록 하죠. 그전에 약간의 재미를 추가했으면 합니다. 괜찮으시겠습니까?"

곤은 리토스 자작에게 동의를 구했다.

"승부에 영향이 가지 않는 것이라면 상관없네."

"알겠습니다. 승부에는 영향이 가지 않을 겁니다. 조금 더 짜릿한 여흥을 위해서죠."

곤은 속에 품었던 부적 한 장을 꺼내 허공으로 던졌다. 부적이 자연스럽게 불길에 휩싸인 후 재가 되어 사방으로 흩어졌다.

동시에―

거대한 악의가 연무장 주변을 가득 메웠다.

"뭐, 뭐야?"

"이건 도대체!"

깜짝 놀란 기사들이 검을 뽑아들고 헬리온 백작과 리토스 자작의 주위를 에워쌌다.

"멍청한 것들. 여기가 아니야. 연무장을 봐라."

헬리온 백작이 혀를 찼다. 그의 말에 기사들은 검을 잡은 채로 연무장을 바라봤다.

연무장 주위에는―

끼에에에엑.

근육이 찢어지고, 눈알이 뽑히고, 뇌수의 반이 흘러내리며 뼈가 너덜너덜해진 수백 마리의 망령이 생기를 갈구하며 기괴한 비명을 지르고 있었다.

"이게 뭐하는 짓인가. 장난이 지나치군."

헬리온 백작은 매서운 눈으로 곤을 바라봤다. 곤은 어깨를 으쓱거렸다.

"조금 더 진지하게 승부를 보자는 의미입니다. 기사들이 항복을 해도 상관없습니다. 하지만 승부 중에 연무장에서 낙상을 한다면 저들에게 끌려가는 거죠."

"저들은 지옥에서 강제로 끌려온 것 같군. 아귀인가."

"맞습니다. 일시적이기는 하지만 지옥문을 열었습니다. 하여 연무장에서 떨어진 자는 죽지도 살지도 못한 채, 영원히 지옥 속에서 살아가게 될 것입니다."

꿀꺽.

기사들은 마른침을 삼켰다. 칠살의 기사들도 마찬가지였다.

모든 기사들이 생각하기에 이것은 평범한 영지전 중에 하나였다. 그랬기에 저런 미친 짓을 할 줄은 상상도 하지 못했다.

패배는 살 수 있지만, 만에 하나 연무장에 떨어지게 되면 죽음보다 더한 고통을 당하게 된다.

이제부터 대결에 나설 기사들은 엄청난 부담을 안게 됐다. 함부로 항복을 외칠 수 없는 상황에서 발이라도 헛디뎌 지옥문으로 떨어진다면 상상할 수 없는 일이 벌이지게 될 것이다.

"저 자식 완전히 미쳤는데요. 이런 짓을……."

레빗이 질렸다는 표정으로 케논을 바라봤다. 그레이트 헬름을 쓰고 있어 표정이 보이지 않았지만, 분위기는 느껴졌다. 그는 전율하고 있었다.

"맞아. 역시 예상대로야. 저놈은 미쳤어."

Chapter 7. 살육 블루스

스톤은 곤에게 감탄했다.

"자네의 눈속임은 대단하군. 저 대단한 헬리온 백작의 눈마저 속이다니."

"눈속임?"

"지옥문에서 나왔다는 하는 망령들. 눈속임이 아닌가?"

"그렇게 보입니까?"

"아니면?"

스톤이 되물었다. 그의 상식선에서는 지옥문을 열 수 있는 자는 흑마법사밖에 없었다. 하지만 곤은 흑마법사가 아니었다. 무력을 측정할 수 없을 정도로 강한 기사. 그런 자가 무슨 흑마법을 쓴다는 말인가. 하여 소름이 끼칠 정도로 사기를 내뿜고 있는 망령들을 눈속임이라고 결론을 내린 것이다.

곤은 바닥에 떨어져 있던 큼지막한 돈을 주워 허공을 향해 팔을 내젓고 있는 망령들을 향해서 던졌다. 돌이 그들의 머리 위로 떨어지는 순간, 망령들은 앞다투어 돌을 분쇄하고 씹어서 먹었다.

헤즐러와 두 노기사, 노기사들의 아들들의 얼굴이 새파랗게 변했다.

"저, 정말 망령들이 소환했다는 말인가?"

"헬리온 백작 앞에서 손장난을 할 수는 없지요."

"도대체 자네의 정체가 뭐지? 어찌 죽은 자들을 저토록 쉽게 지옥에서 끄집어낼 수 있다는 말인가."

스톤은 이해할 수 없다는 표정으로 말을 이었다.

"그건 나중에 가르쳐 드리도록 하지요. 우선 두 분 노기사께서 수고를 해주서야 하겠습니다."

"그게 무슨?"

"당연한 말이지만 칠살의 기사들과 싸울 수 있는 기사들의 숫자가 저희는 맞지 않습니다. 스톤 님과 에리크 님이 처음에 저들을 상대해 주셨으면 합니다."

"우리가 될까?"

"싸우는 척만 하고 항복하시면 됩니다."
"으음."
스톤과 에리크는 신음을 흘렸다. 그들에게도 기사의 자긍심이라는 것이 있다. 한데, 모든 것이 걸린 영지전에서 싸우는 척만 하고 항복을 하라는 것은 아무리 생각해도 내키지 않았다.
차라리 전력을 다해서 싸우다 장렬하게 산화하는 편이 나을 듯했다.
"되도록 철저하게 지십시오. 그래야 우리에게 유리합니다."
곤이 말을 덧붙였다.
"철저하게 져야 한다니?"
이해가 되지 않는다는 듯 스톤이 되물었다.
"보시면 압니다. 다시 정정하죠. 목숨을 걸 필요는 없지만 되도록 화려하게 지시면 됩니다."
"그럼 우리에게 유리해진다고?"
"그렇습니다."
도저히 이해가 가지 않지만 스톤과 에리크는 고개를 끄덕였다.
"절대로 져서는 안 되는 싸움이네. 그것은 알고 있지?"
"절대로."

"믿고 싸움에 임하겠네."

"떨어지시면 안 됩니다. 정말로 지옥으로 끌려갈 테니."

"노력해 보지. 에리크, 내가 먼저 가겠네."

스톤은 오랜 지기인 에리크에게 말했다. 에리크는 굳은 얼굴로 스톤의 어깨를 툭 하고 쳤다. 그 작은 행위는 살아서 돌아오라는 말과도 같았다.

스톤을 펄쩍 날아 연무장 위로 올라갔다. 이미 연무장 위에는 칠살의 기사 중에서 한 명인 레빗이 올라와 있었다. 그녀는 상큼한 표정을 지으며 레이피어를 빼내 들었다.

"어머, 내 상대는 내일 죽어도 모를 정도로 나이 먹은 늙은이네."

죽음과 삶의 경계라고 할 수 있는 연무장 위에서, 레빗은 어울리지 않게 상큼한 미소를 지었다.

스톤은 긴장을 억지로 감추며 레빗을 보았다. 여인의 몸이지만 칠살의 기사의 일원인 만큼 결코 얕볼 수는 없었다. 그녀의 종합적인 전투력을 머릿속에 그려봤다.

먼저 그녀의 이름. 그녀의 이름이 레빗일 리가 없었다. 아마도 저 여자의 특성을 얘기하는 것일 터였다. 날렵한 몸놀림. 무기 역시 레이피어였다. 일격필살의 공격력을 지닌 무기가 아니라 빠른 몸놀림을 기반으로 찌르기에 특화된 형태.

어쩌면 조금은 승산이 있을지도 모르겠다.

일단은 질 때 지더라도 최선을 다해봐야 한다. 다행히도 그는 전방위를 압박할 수 있는 기술을 가지고 있었다.

전력을 다해—

스톤과 에리크는 오랜 친구지만 전투에 대한 선호도는 다르다. 스톤은 일격필살의 기술을, 에리크는 다양한 기술로 상대를 상대하는 것을 선호했다.

사실 따지고 보면 스피드를 이용한 상대는 스톤보다 에리크에게 잘 맞았다. 스톤은 상대가 정면승부를 할 때 제대로 된 실력을 발휘할 수가 있었다.

그렇다고 하더라도 그에게 방도가 없는 것은 아니었다.

레빗은 통통 튀며 스톤의 주위를 돌았다. 발 그대로 토끼처럼 그녀는 발 빠르게 움직였다. 점점 그녀의 속도가 빨라졌다.

스톤이 그녀의 움직임을 놓치는 즉시 목을 노리고 레이피어가 날아올 것이다.

스톤은 발검 자세를 취했다. 조금씩 앞발을 움직이며 레빗의 움직임을 쫓았다.

호흡을 조절한다.

그녀와 스톤의 호흡이 같아질 때를 노리는 것이다. 오랜 시간을 수련해야만 알 수 있는 찰나의 순간. 비록 칠살의 기사단의 명성에는 미치지 못하지만 스톤은 단 하루도 수련을 게을리한 적이 없었다.

"오호호호, 영감탱이, 애를 쓰네."

레빗도 스톤이 무슨 생각을 하는지 알아차렸다. 그렇다면 그가 인지할 수 있는 속도보다 더욱 빠르게 움직이면 된다.

와아아아아!

마을 사람들의 탄성이 터졌다.

연무장 안에는 레빗의 잔상만이 가득했다. 사람의 잔상이 남을 수 있다는 것 자체를 처음 본 마을 사람들은 레빗의 놀라운 움직임에 자신도 모르게 탄성을 지를 수밖에 없었다.

그럼에도 스톤의 눈동자는 꿈쩍도 하지 않았다.

놀라운 집중력!

레빗의 움직임이 더욱 빨라지기 시작했을 때, 동적인 움직임이 순간적으로 정적인 움직임으로 바뀌었다. 속도를 높이기 위한 극히 짧은 시간의 사전 움직임.

스톤은 그것을 포착했다.

"광범위 타격 기술 폭살(爆殺)."

낮게 기술을 읊조린 스톤의 손이 번개처럼 움직였다.

순간 연무장이 하얗게 빛났다. 광속의 속도로 뻗어 나온 발도술에 의해서 마력이 사방으로 퍼진 탓이었다.

엄청난 속도로 움직이던 레빗은 뒷덜미가 삐죽 서는 느낌을 받았다. 저 노기사가 이런 한 수를 숨겨두고 있는 줄은 예상하지 못했다. 나이가 환갑에 닿았다고는 하지만 기사는 기사였다. 그의 오러만 조심하면 될 것으로 여겼다.

그렇지만 그녀의 예상보다 노기사의 발검술은 훨씬 뛰어났다.

수십 개가 넘는 검날이 그녀의 몸을 스치고 지나쳤다. 살점이 잘려 나가고 피가 튀었지만 레빗은 멈추지 않았다. 그녀의 상처 난 부위가 빠르게 재생됐다.

한순간이나마 레빗을 잡았다고 생각했던 스톤은 눈살을 찌푸렸다.

고속 재생.

평범한 인간은 결코 가질 수 없는 능력이다. 수련을 위해 대륙을 여행했던 그이기에 고속 재생을 할 수 있는 자들에 대해서 들은 적이 있었다.

트롤의 육체를 자신의 몸에 이식한 정신 나간 자들이었다. 몬스터의 피부를 이식하다니. 오직 강해지는 것만을 추구하여 몬스터의 피부까지도 이식하는 기사들도 간혹 있다고 하였다.

하지만 열 명 중에 아홉은 몬스터의 생체 능력을 이겨내지 못하고 고통스럽게 죽는다. 생존율은 극히 낮은 1할.

레빗이 바로 그런 자였다.

저런 자들은 단숨에 목을 잘라야 한다. 그녀의 목을 단숨에 자를 수 있는 실력이 없는 스톤으로서는 승산이 없었다.

그렇다면…….

최대한 화려하게 패배를 하라고 했던가.

스톤의 광범위 타격 기술 폭살을 뚫고 나온 레빗이 레이피어를 찔렀다.

스톤은 몸을 뒤틀었다. 레빗의 공격을 막아내지는 못해도 죽지 않을 자신은 있었다.

푸식!

레빗의 레이피어는 스톤의 어깨를 뼈까지 뚫고 들어갔다.

"크흑. 젠장. 졌다."

바닥에 쓰러진 스톤은 재빨리 항복을 선언했다.

승리를 했지만 어이가 없는 것은 레빗과 리토스 자작의 진영이었다. 분명 박진감이 넘치는 대결이기는 했지만 헤즐러 남작의 제1기사인 스톤이 이토록 빠르게 항복을 선언할 줄 몰랐던 것이다.

"뭐? 장난해?!"

화가 치밀어 오른 레빗이 검을 들어 스톤을 찌르려고 했다.

"뭐하는 짓인가. 승부가 났거늘."

순간 헬리온 백작의 목소리가 낭랑하게 울렸다. 그의 목소리에는 어떤 것보다 힘이 있었다. 거역하면 누구라도 죽는다는 듯한.

레빗은 검을 늘어뜨렸다. 아무리 칠살의 일원인 그녀라고 하더라도 헬리온 백작의 목소리를 듣고도 모른 척하며 스톤을 죽일 수는 없는 노릇이었다.

만약 그랬다가는 어떤 후폭풍이 올지 알 수가 없었다.

스톤은 가까스로 몸을 일으켰다. 어깨가 관통당해서 움직일 때마다 고통이 밀려왔다. 그의 피가 뚝뚝 흘러 연무장 밑으로 떨어졌다. 망령들은 피 한 방울이라도 더 먹겠다는 듯이 서로를 뜯어먹으며 싸움이 붙었다.

추악하고 역겨운 장면이었다.

몇몇 마을 사람은 울렁거림을 참지 못하고 속에 있는 것은 게워내기도 했다.

연무장 밑.

망령들이 앙상한 손을 뒤흔들며 기괴한 비명을 지르는 거리는 약 2미터 정도밖에 되지 않았다. 하여 조금만 높게 뛰어오르면 망령들에게는 닿지 않는다. 겨우 그 정도로 짧은 거리를 쉽게 넘을 수는 없었다.

한 발만 잘못 디디면 지옥문으로 떨어진다는 은연중의 공포 때문이었다.

스톤은 이를 악물며 높게 뛰어 연무장을 내려왔다. 망령들이 있는 곳과는 족히 5미터 이상 떨어졌다. 그가 헤즐러 남작 진영으로 다가오자 에리크가 어깨를 두드려 주었다.

스톤의 아내인 아리안이 다가와 그의 어깨를 붕대로 감아 주었다.

"이만하면 잘된 겐가?"

스톤이 곤에게 물었다.

"멋진 출발입니다. 다음도 기대합니다."

고개를 끄덕인 곤이 에리크를 바라보았다. 에리크는 비장한 얼굴로 헤즐러에게 인사를 한 후 연무장 위로 올라갔다.

연무장 위에는 스케일 아머를 입은 바이퍼가 서 있었다.

헤즐러 남작은 이미 1패를 떠안았다.

마을 사람들은 두 손을 모으고 꼬마 영주를 응원했다. 대다수가 질 것이라 예상은 하지만 그래도 꼬마 영주가 이기기를 바랐다.

* * *

리토스 자작의 영지.

헤즐러 남작의 영지의 크기보다는 작았다. 하지만 인구가 훨씬 많고 땅이 비옥했다. 곡물의 생산량은 헤즐러 남작의 영지보다 세 배 가까이 된다. 특산품도 있었고 같은 자작의 영지 규모에 비해서 조금 큰 편이었다.

병사들의 숫자만 하더라도 200명 가까이 된다. 비상시, 예를 들면 몬스터의 습격이나 근접한 다른 왕국과의 국지전이 벌어졌을 때는 병력을 500명까지 늘릴 수 있었다. 나름 상비군의 체제도 정비가 되어 있는 것이다.

헤즐러 남작이 가진 힘과는 비교도 할 수 없게 강했다.

헤즐러 남작은 성을 쌓을 돈이 없어 저택에서 머무르고 있으니까.

반면 리토스 자작은 최대 천 명까지 한 번에 막아낼 수 있는 중소 규모의 성을 완벽하게 쌓아두었다. 대규모 적들이 침입한다면 석 달 이상을 농성전을 펼칠 수가 있었다.

게론과 용병들은 산 중턱에서 리토스 자작 영지를 바라보고 있었다. 지금은 기사 급의 실력을 갖추게 된 그들이지만 말을 타지 않고 도보로 산을 넘어 이곳에 도착했다.

두두두두두—

멀리서 리토스 자작이 기사들을 데리고 성을 나서는 것이 보였다.

정확한 시간에 도착했다.

"몇 명이나 되나?"

게론이 식신들에게 물었다 식신들은 용병들보다 훨씬 능력이 뛰어나다. 아직 해가 뜨지 않은 지금과 같은 새벽녘에도 몇백 미터 밖에 있는 작은 물체조차 한 번에 알아맞힐 수가 있었다.

"대략 백 명 정도."

불킨이 대답했다.

"2백 명이라고 하던데. 잘못된 정보인가."

키스톤과 슈테이가 번갈아가면서 리토스 자작의 영지와 헬리온 백작의 영지를 넘나들며 정보전을 벌이고 있었다. 그 중에서도 양 영지의 전력을 정확하게 파악하는 것도 그들의 일이었다.

"병사들의 숫자는 2백 명이 맞습니다. 하지만 전시가 아닌 이상 모든 병사가 모일 필요는 없지요. 교대 근무를 할 겁니다. 그러니까 대략 백 명. 어쩌면 그 이하일지도 모릅니다."

"그렇다면 다행이군. 기사의 숫자는 서른 명 정도라고 했으니 남아 있는 자들은 다섯 명이 넘지 않겠군."

"아마도."

용병들은 고개를 끄덕였다.

방심을 하고 있는 백 명 이하의 병사와 다섯 명 정도의 기사들이라면 충분히 해볼 만하다는 생각이 들었다. 자신들의 능력치가 상당히 상승한 것도 있지만 그들에게는 히든카드가 있었다.

평범한 기사들은 한 줌 거리도 되지 않는 무시무시한 위력을 가진 괴물로 변한 세 명의 동료. 독식신이 있는 이상 어지간한 기사단과 붙어도 밀리지 않을 자신이 있었다.

게론과 용병들에게는 잔혹한 지령이 떨어졌다.

리토스 자작의 성을 점거할 것.

그것뿐이라면 이해할 수가 있었다. 곤에서는 다른 명령도 첨부되었다. 성안에 있는 모든 생명체를 말살하여 목을 자른 후 성문 앞에 걸어놓을 것.

게론은 곤의 명령을 이해했다. 그는 리토스 자작의 영지를 송두리째 빼앗으려는 생각인 것이다. 만약 리토스 자작의 핏줄이 남아 있다면 그가 작위를 물려받을 것이다.

하지만 리토스 자작의 핏줄이 없다면 얘기가 달라진다. 예전이었다면 중앙정부가 다른 귀족을 이곳의 영주로 발령을 냈겠지만 지금은 헤즐러가 리토스 자작의 먼 친척으로 되어 있었다.

리토스 자작이 고의적으로 공표한 것이다.

반대로 얘기하자면 헤즐러도 리토스 자작의 영지를 이을 수가 있다는 말과도 같았다.

"자, 그럼 살육전을 시작해 볼까. 마스터께서 내리신 두 번째 명령이다. 성안에 어린애가 있다면 조금 마음이 아프겠지만, 그래도 마스터의 명령이 최우선이다. 알고 있지?"

게론이 용병들에게 물었다. 용병들은 눈을 빛내며 고개를 끄덕였다.

특히 곤에 대한 충성심이 절정에 달해 있는 식신들은 고삐가 풀린 말들처럼 금방이라도 성안에 돌입을 하고 싶어 했다.

"우리는 인원이 적다. 겨우 스무 명이서 저 성을 점령하는 것은 매우 어렵다. 더군다나 단 한 명도 성안에 있는 인물들을 살려둬서는 안 된다. 하니 모두 자기가 맡은 자리를 잘 사수하도록. 알겠나."

"예."

"좋아. 복면을 써라. 시작이다."

용병들은 눈만 드러난 복면을 썼다. 복장은 리토스 자작의 사병들이 입고 있는 것과 동일했다. 슈테이가 가져다준 것이다.

리토스 자작과 칠살의 기사단, 개인 기사들이 거의 빠져나간 성을 향해 용병들은 침착하게 다가서기 시작했다.

* * *

겉으로 보기에는 에리크가 우세한 듯했다. 워낙 화려한 기술을 좋아하는 에리크였기에 그는 초반부터 거침없이 기술을 바이퍼에게 퍼부었다.

하지만 결과적으로 에리크는 바이퍼에게 패배했다. 바이퍼의 바위와 같은 방어를 뚫을 수가 없었기 때문이었다. 특히 바이퍼가 들고 있는 카이트 실드에는 물리적 타격을 반으로 줄일 수 있는 룬어가 적혀 있어 에리크의 능력으로는 도저히 뚫을 수가 없었다.

바이퍼가 반격을 취하려는 순간, 자신이 그의 상대가 아님을 에리크는 깨끗이 승부를 포기했다.

2승.

두 번이나 승리를 했지만 리토스 자작의 심기는 좋지 않았다. 첫 번째 대결을 승리했을 때부터 뭔가 꺼림칙함을 느껴졌다.

그가 보기에도 두 노기사는 레빗과 바이퍼를 당하지 못한다. 그들이 사력을 다한 것도 맞았다.

그런데 뭘까. 이 기분 나쁨은.

"이제 일 승 남았군."

앉아 있던 헬리온 백작이 리토스 자작에게 말했다.

"네, 이제 끝이 날 것 같군요."

"게임의 묘미는 역전이지."

"그게 무슨 말씀이신지."

"아니네. 혼잣말이네."

헬리온 백작은 고개를 흔들었다.

묘하게 뒤끝이 남는 말투였지만 리토스 자작은 더 이상 묻지 않았다. 헬리온 백작에게 꼬치꼬치 물을 정도로 리토스 자작은 담이 크지 않았다.

그래도… 이번 대결이 끝이라는 것에는 믿어 의심치 않았다.

리토스 자작은 거구의 기사 베어를 보았다. 신장만 2미터가 넘어가고 근력은 오크들을 능가한다. 그의 손에 들려 있는 것은 보기에도 살벌한 배틀 해머였다.

"꼬마 영주의 모든 것을 가져와라."

고개를 끄덕인 베어가 몸을 가볍게 날려 망령들을 뛰어넘은 후 연무장에 올라섰다. 덩치가 무식하게 큼에도 몸놀림은 상당히 가벼워 보였다. 그가 연무장에 올라가 배틀 해머를 바닥에 놓자 쿵 소리와 함께 흙먼지 우수수 떨어져 내렸다.

그의 앞에는 안드리안이 서 있었다.

"후후, 그렇지 않아도 내 힘이 얼마나 되는지 측정을 해보고 싶었는데. 마침 잘됐네."

안드리안은 거대한 검을 한 손에 쥐고는 빙긋 웃으며 말했다.

자신을 깔보는 듯한 말투에 베어는 눈살을 찌푸렸다.

"창녀 따위가 감히."

"좆도 없는 새끼가 누구보고 창녀래?"

안드리안의 말에 마을 사람들이 크게 웃음을 터뜨렸다. 베어가 매섭게 노려보자 마을 사람들은 곧바로 고개를 숙이고 입을 가렸다.

놀랍게도, 동시에 안드리안과 베어가 움직였다. 그들이 움직이는 것을 마을 사람들은 누구도 눈치채지 못했다. 모두가 그들의 모습을 놓쳤을 때, 연무장의 다른 편에서 '쾅' 하는 소리가 울렸다.

안드리안의 대검과 베어의 배틀 해머가 맞부딪친 것이다. 힘을 위주로 한 대검과 배틀 해머가 부딪치자 엄청난 굉음이 천둥처럼 터졌다. 불꽃이 튀며 가까이 있던 사람들은 자신도 모르게 귀를 막았다.

일 합이 있은 후.

안드리안은 그 자리에 서 있었다.

반면 베어는 네댓 걸음이나 뒤로 물러났다. 조금만 더 뒤로 밀려났다면…….

"크흑."

베어는 망령들이 손을 벌리고 있는 지옥문으로 떨어졌을지도 모른다.

"어머, 역시 덩치만 컸지 좆도 없는 새끼네. 왜 이렇게 힘이 약해? 토끼냐?"

안드리안은 입술을 비틀며 베어를 조소했다.

"한 일주일쯤 마음껏 유린하고 죽여주지, 창녀."

베어는 마나를 배틀 해머에 불어넣으며 안드리안을 향해

거칠게 덤벼들었다.

전투력만으로 치자면 칠살의 기사 중 서열 3위가 바로 그였다. 그가 가진 괴력은 단장인 케논조차 넘어선다. 하여 그는 앞선 두 대결을 보며 무척이나 지루해했다. 동료들이 보지 않게 하품까지 했다. 자신이었다면 두 노기사를 상대로 일 합 안에 끝낼 수 있었다고 여겼다.

그리고 저 여자 역시 마찬가지였다. 불처럼 타오르는 머리카락이 그의 욕정을 자극했다. 이번 대결에서 끝나면 리토스 자작에게 부탁해 저 여자를 넘겨받을 생각이었다.

하지만… 저 여자가 그의 성적인 욕구보다 파괴적인 살인의 욕구를 더욱 불러 일으켰다.

베어는 무차별적으로 전투 해머를 내려쳤다. 단순한 공격이지만 받아내는 상대는 그렇게 느껴지지 않는다. 어마어마한 괴력에 마나까지 더해서 내려치는 그의 힘은 거대한 철판이라도 일격에 부러뜨릴 정도였다.

지금껏 그와 붙었던 어떤 기사도 내려치는 공격을 모두 막아내지 못했다. 당연히 힘으로 밀어내는 짓 따위는 하지 못한다.

그런데 이게 어찌 된 일이지?

쉴 새 없이 배틀 해머를 내려치던 베어는 문득 의아함을 느꼈다.

지금쯤 절망을 느끼며 살려달라고 외쳐야 할 안드리안의 얼굴이 너무도 평온했다.

그러고 보니—

"젠장."

베어의 입술에서 강한 신음이 흘러나왔다. 양손으로 내려치는 배틀 해머를 안드리안은 대검을 한 손으로 잡고 막아내고 있었던 것이다.

놀란 베어가 헛바람을 들이키며 뒤로 물러났다.

안드리안은 고운 미간을 좁혔다.

"아, 정말 이래서 약한 남자는 싫어. 이거야 원, 씽과 곤이 아니면 대련할 상대조차 없다니. 너는 그만 가라. 시간 아깝다."

안드리안은 아직도 한 손으로 대검을 쥐고 있었다. 그녀가 두 손으로 대검을 잡을 때는 극히 적었다. 볼튼과 잠시 손을 섞었을 때 빼고는 아직까지 대검을 양손으로 잡은 적이 없었다.

어쩌면 그것이 그녀의 자존심.

곤과 씽에게 필적할 때까지 어떤 누구에게도 지지 않겠다는 그녀만의 의지이기도 했다.

안드리안은 크게 대검을 휘둘렀다. 어떤 초식도 없는 평범한 내려치기.

쿵!

그녀의 대검을 받아낸 베어는 엄청난 충격을 받았다. 거대한 무엇인가가 전신을 짓누르는 듯한 압박감이었다.

"크흑."

너무 급하게 마나를 불러일으켰기 때문일까. 베어의 입에서 검은색 피가 한 움큼 튀어나왔다. 충격을 받은 베어가 비틀비틀 뒤로 밀려났다.

"저, 저, 저!"

지켜보던 레빗이 벌떡 일어났다. 그녀는 연무장으로 뛰어올라가 베어를 잡으려고 했다.

그러나 한 박자 늦고 말았다.

"으, 으아아아악!"

베어는 발을 헛디뎌 망령들이 있는 지옥문으로 떨어지고 만 것이다.

망령들은 손을 뻗어 베어의 가죽을 벗겨냈다. 가죽을 벗겨낸 후, 심줄을 뽑고, 피를 마시며, 뼈를 분리시켰다. 그럼에도 베어는 아직 살아 있었다.

그는 도와달라며, 살려달라며 눈물을 뿌렸다.

그토록 강인했던 사내가 순식간에 나약해졌다. 그럴 수밖에 없을 것이다. 누구도 저 지옥문 안으로 빨려 들어가기 싫을 테니까.

"으아아아악!"

망령들에게 끌려 베어가 점점 사라졌다. 이윽고 그의 손만 이 남아 허공에서 맴돌았다. 남은 손도 이내 사라져 간다.

꿀꺽.

연무장 안과 밖은 정적으로 감돌았다.

너무도 참혹한 광경에 몇몇 사람들이 마른침을 삼킬 뿐이었다.

대부분의 사람들은 망령들이 실제가 아닌 환각일 것이라고 여겼다. 누가 과연 지옥문을 열고 망령을 소환한다는 말인가.

그러나 지금의 일로 눈앞에 보이는 저 수많은 망령들은 실존하는 것임을 깨닫게 되었다.

사람들은 물론 헬리온 백작과 리토스 자작도 말을 잇지 못했다.

*　　*　　*

리토스 자작이 성문을 열고 출타를 했기에 경비병들은 문을 닫지 않았다. 평상시에는 성문을 항시 열어둔다. 식량, 음료, 병사들의 교대, 영주를 찾아오는 손님, 마을로 출타를 나가는 가신들.

상당한 숫자의 사람들이 드나들었기에 일일이 성문을 열고 닫는 것은 꽤나 번거로운 일이었기 때문이었다.

하여 성문을 닫는 시간은 해가 지고 오후 8시로 고정되어 있었다.

"하암."

렌은 양팔을 벌려 기지개를 펴며 길게 하품을 했다. 한쪽 눈가에 눈물이 맺혔다.

"이 사람, 누가 보면 어쩌려고."

렌과 같이 경계근무를 서고 있던 쿠삭이 눈치를 주었다.

"새벽에 보긴 누가 보나. 영주님도 기사님도 모두 영지전을 치르러 나가셨는데."

"그렇긴 하지만."

"걱정 말게. 겨우 기지개 정도로."

렌은 눈가에 맺힌 눈물을 손등으로 닦으며 말했다. 네 시간씩 돌아가는 근무 중에 가장 힘든 시간은 새벽 2시부터 6시까지였다.

대체로 병사가 된지 얼마 안 되는 신참들이 그 시간에 경계를 선다. 고참급 병사들은 6시부터 10시까지나 오후 14시부터 18시까지 경계를 서는 경우가 많았다.

즉 렌과 쿠삭은 고참 급에 속하는 병사들인 셈이었다.

그렇다고 하더라도 6시에 근무를 서기 위해서는 최소 다섯

시 반에는 일어나야 했다. 아침잠이 많은 렌은 지금 시간대의 근무가 조금은 곤욕스러웠다.

"응?"

렌의 시선에 뭔가가 잡혔다. 스무 명 정도의 병사가 이곳을 향해 다가오고 있었다. 리토스 자작을 상징하는 가문의 표시를 달고, 병사들의 복장을 했지만 어딘지 모르게 건들건들거렸다.

마치 동네 건달들처럼.

"아직 교대 시간이 남지 않았나?"

렌은 쿠삭에게 물었다.

"한참 남았지."

리토스 자작의 병사들은 24시간을 기준으로 근무를 선다. 정오에 교대를 하여 다음 날 정오까지 번을 선 후 임무를 교대하는 것이다.

지금은 오전 6시가 조금 넘은 시간이었다. 교대 시간은 아직 멀었다. 조금은 의아했다.

"무슨 일이야?"

스무 명의 병사들이 해자(垓字)를 가로지르는 다리를 건너 다가오자 렌이 물었다.

해자를 건너기 전부터 복면을 내리고 있던 게론이 어울리지 않는 미소를 지으며 렌에게 물었다.

"안에 모두 계신가?"

"모두라니?"

렌은 게론이 무슨 말을 하는지 몰라 고개를 갸웃거렸다.

"영주님의 아내나, 자식이나, 남은 기사분들 등등."

"그게 왜 묻지?"

일순간 뭔가 기묘한 느낌을 받은 렌의 목소리가 뻣뻣하게 굳었다. 이제야 눈앞에 병사들이 자신들과는 조금 다르다는 것을 눈치챘다.

우선 눈앞에 사내는 한 번도 본 적이 없었다. 사병들의 숫자가 많기는 하지만 대부분 한 번쯤은 얼굴을 본 적이 있었다.

그리고 뒤쪽에 있는 병사들. 그들은 왜 복면을 가리고 있다는 말인가.

렌과 쿠삭은 아직까지 제대로 된 전투를 벌여본 적이 한 번도 없었다. 누군가 리토스 자작이 다스리는 영지를 침입해 올 것이라고는 생각을 해본 적도 없었다.

그렇기에 그들의 대응은 늦었다.

그들이 실전에 뛰어난 병사들이었다면 곧바로 성문을 닫고 비상종을 때린 후, 다가오는 의심스러운 무리에 대해서 대응을 했을 것이다.

푹!

어디선가 날아온 단검이 쿠삭의 눈을 자르고 들어가 뒤통수까지 꿰뚫었다. 쿠삭은 자신이 왜 죽는지도 모른 채 그대로 쓰러졌다.

즉사였다.

렌은 비명을 지르려고 했다. 그러나 그전에 그에게 말을 붙였던 병사가 다가와 단검을 목에 댔다.

“자, 이곳에 얼마나 많은 병사가 있는지, 영주의 식솔들은 어떻게 되는지, 기사들은 몇이나 남았는지 설명해 주실까.”

“그, 그게…….”

렌은 덜덜 떨었다. 머릿속에 하얗게 변해 자신이 무슨 상황에 빠졌는지도 구별이 가지 않았다. 하지만 곧 그는 깨달았다.

푹!

게론의 그의 허벅지를 단검을 찔렀기 때문이었다. 게론의 억센 손이 렌의 입을 막았다. 렌은 눈물을 흘릴 정도로 고통스러웠지만 비명이 밖으로 새어 나가지는 않았다.

“제대로 대답하지 않으면 이 검으로 전신을 자근자근 조금씩 잘라줄 거야. 알았나?”

게론의 말에 렌은 고개를 마구 끄덕였다.

“좋아. 그럼 시작해 보자고.”

잠시 후.

게론은 단검을 렌의 옷에 닦았다. 렌은 싸늘한 시체가 되어 바닥에 아무렇게나 굴렀다. 게론은 렌과 쿠삭의 시체를 발로 차서 해자 속으로 던졌다.

풍덩 소리가 나며 두 구의 시체는 오염 물질로 가득한 연못 속으로 깊게 가라앉았다.

"닉소스와 메테는 불을 질러라. 루크와 벨던, 고르돈은 밖에서 성문을 지켜라. 혹시 놓치는 자가 있으면 너희가 처리해."

스르렁—

게론은 검을 빼내 들었다. 그가 앞장서서 성문 안쪽을 향해서 걷기 시작했다.

"토끼 사냥이다. 한 마리도 놓치지 말도록."

게론의 뒤를 따라 살기를 가득 담은 용병들이 검을 뽑았다.

Chapter 8. 악몽의 영지전

로레리오 단.

동료들은 줄여서 단이라고 부른다.

그는 누구에게도 자신의 과거를 밝히지 않았다.

밝힐 수도 없었다. 자신이 한때 귀족이었다는 것을.

단은 아내를 죽이고 떠돌이 무사가 되었다. 아내를 죽인 이유는 그의 의처증 때문이었다.

아내는 아름다웠다. 어떤 귀족의 영애와 비교해도 못하지 않았다. 아름다운 아내를 얻은 그를 친구들은 무척이나 부러워했다.

단도 아내를 보며 만족했다. 비록 평민이었지만 너무도 사랑했기에 신분 따위는 중요하지 않았다. 신혼 생활은 행복했다. 결혼 생활에 대한 트러블도 없었다.

그러던 어느 날. 친한 친구가 그에게 말했다.

"그렇게 예쁜 마누란데. 불안하지 않아? 다른 귀족들도 모이기만 하면 자네 부인 얘기를 한다고."

불안하지 않았다.

친구의 얘기를 듣기 전까지는.

그날 이후로, 단은 아내의 행동이 신경 쓰였다.

누구와 얘기를 하는 거지? 점심에 온 사내는 누구지? 왜 저녁까지 집으로 돌아오지 않는 거지?

단은 아내를 다그쳤고, 아내는 무슨 소리를 하는 거냐고 말했다. 아내가 대들었다. 그동안 그토록 순종적이었던 아내가.

그때 단은 아내가 자신 모르게 바람을 피우고 있다고 확신했다.

꽃을 들고 자주 찾아오는 남자. 나이는 대략 20대 초반. 그 남자였다.

단은 먼저 그 남자를 죽였다. 머리가 은발인 것이 특이하기는 하지만 그것을 빼고는 아주 평범한 남자였다. 마을에서 귀족들에게 꽃을 파는 그런 하찮은 남자.

단은 아내에게 손찌검을 하기 시작했다. 폭력의 강도는 점점 늘어 나중에는 아내가 신전에서 신관에게 치료를 받지 않으면 불구가 될 지경까지 이르렀다.

아내는 친정으로 도망쳤다.

단은 아내를 쫓아 처갓집에 칼을 들고 난입했다. 말리는 장모와 장인을 모두 죽였다. 그리고 살려달라고 비는 아내도 죽였다.

모두 죽이고 나서야…….

뭔가가 잘못되었다는 것을 느꼈다. 그는 곧바로 영지를 뛰쳐나와 도망쳤다. 이런 커다란 사건을 묻힐 수가 없었다.

그렇게 단은 칠살의 기사단에 합류하기 전까지 떠돌이 무사로 살았다.

그동안 가족도, 아내도 잊고 살았는데.

눈앞의 사내를 보고 있자니 다시금 살의가 무럭무럭 피어올랐다.

그는 강철로 된 스파이크드 클럽(Spiked club)를 양손에 들었다. 그것은 끝 부분에 방사형으로 여러 개의 가시가 박힌 곤봉이었다.

과거에는 플랑베르주라는 양손 검을 썼지만 지금은 정체를 감추기 위해서 완전히 다른 무기를 사용했다. 사실대로 얘기하자면 검을 사용해 상대를 죽이는 것보다 때려죽이는 것을 선호하기에 이런 무기로 바꾼 것이다.
은발의 사내.
단이 죽였던 사내와는 머리색을 빼면, 닮은 곳이 하나도 없었다. 신장도 차이가 났고 얼굴도 그렇다. 그가 죽인 사내는 평범했다면 눈앞에 있는 자는 여성이라고 해도 믿을 정도로 아름다운 미남자였다.
"뭔가 하나를 닮은 것만으로도 충분히 죽어 마땅하다."
단은 비릿하게 웃으며 씽을 향해서 스파이크드 클럽을 휘둘렀다. 양손을 풍차처럼 번갈아 돌렸다. 점점 속도가 빨라졌다.
윙윙 소리만 들릴 뿐, 스파이크드 클럽은 눈에 보이지 않을 정도로 빠르게 회전했다.
"훗, 과연 네 눈에는 내 무기가 보일까? 아마도 보이지 않겠지. 친절하게 말을 해주겠다. 막지 못하면 곤봉에 의해서 머리가 찢겨 죽을 것이다."
단의 말에 씽은 피식 웃고 말았다.
"개가 호랑이 걱정을 해주는군."
"개?"
"그래. 당신."
"미친 새끼."
단의 스파이크드 클럽이 씽의 상체와 하체를 동시에 노렸다. 두 가지 무기를 한꺼번에 사용하는 것은 상당히 어려운 일이다.

검과 방패라면 각각 맡은 임무가 있으니 어느 정도 다루기가 수월하지만 지금처럼 똑같은 무기를 똑같은 방식으로 움직이는 것은 오랜 시간 동안 단련을 하지 않고는 좀처럼 선보일 수 없는 기술이었다.

아마도 그의 상대는 기이할 정도로 똑같은 간격으로 떨어지는 곤봉의 궤적을 잘못 파악하고 맞아 죽었을 가능성이 컸다.

그러나 단의 상대는 씽이었다.

처음부터 그가 휘두르는 곤봉의 궤적은 한눈에 파악하고 있었다.

챙—

손가락 하나에서 나온 손톱. 씽이 가장 자신 있어 하는 무기이며 어떤 검보다도 날카롭고 아름다웠다.

손톱의 경도는 어지간한 명검보다 훨씬 높다. 잘 부러지지도 않지만 부러졌다고 해서 걱정을 할 것은 없었다. 손톱은 다시 자라니까. 조금 시간이 걸릴 뿐이지, 보름 정도면 전과 똑같은 손톱을 뽑을 수가 있었다.

더군다나 손톱은 씽의 능력치에 따라서 점점 경도의 단단함을 더해갔다.

씽이 강해지면 손톱도 강해지는 것이다.

또 하나.

씽의 손톱은 길이의 구애를 받지 않는다. 지금 씽이 손톱으로 상대를 저격할 수 있는 최대 길이는 자그마치 30미터에 이른다.

만약 열 개의 손톱을 모두 이용해 반경 30미터 안에서 휘두른다면 어떤 상대도 조각조각 분해가 될 수밖에 없을 것이다.

그리고 손톱의 사정거리 역시 씽의 마력이 늘어남에 따라 조금씩 같이 늘어나고 있었다.

씽은 단을 향해서 손톱을 발사했다. 손톱은 마법처럼 쭉 뻗어나가며 단을 놀렸다.

"흡."

설마 원거리 공격을 해올 줄 예상하지 못했던 단은 허리만을 움직여 씽의 손톱을 피했다.

"홍, 재밌는 기술을 사용하는구나. 하지만 겨우 그런 것으로 나를 어쩌지 못한다."

단은 씽에게 입술을 비틀며 이죽거렸다.

"그래? 그럼 이건 어때?"

씽은 두 개의 손톱을 날렸다. 손톱은 약간의 시간차를 두며 단에게 엄청난 속도로 날아갔다.

단은 피하지 않았다. 그 자리에서 그대로 스파이크드 클럽을 휘둘러 씽의 손톱을 날려 버렸다. 마치, 실력의 차를 보여 주겠다는 듯이.

"이런 기술밖에 없는가?"

단이 물었다.

"왜? 시시해?"

씽이 대답했다.

"이것뿐이라면 자넨 1분 안에 나에게 죽을 거야. 조금 발버둥을 쳤으면 하는데."

"아, 그러셔. 그런데 말이지, 내가 가장 자신 있어 하는 기술은 이것이라서 말이야."

"어쩔 수 없군. 가지고 놀 재미도 생기지 않아."

단은 잔인하게 입술을 뒤틀고는 씽에게 성큼성큼 다가왔다. 그의 눈에는 씽의 모습과 아내의 모습이 겹쳐졌다. 아내가 은발의 사내의 품에 안겨 환희에 젖은 목소리를 내는 것이 보였다.

"죽여 버릴 테다. 그년도, 네놈도."

"누구를 보고 있는지 모르겠지만. 너는 너무 멍청하군."

철컹.

씽의 손톱이 세 개로 늘었다. 손톱에 마력이 주입된다. 지금까지와는 비교도 할 수 없을 정도의 막강한 힘이 씽의 몸에서 줄기줄기 뻗어 나왔다.

세 개의 손톱이 길게 늘어나며 상에서 하로 떨어졌다.

기요틴처럼.

씽의 근처까지 접근했던 단은 조금 전까지와는 확연하게 다른 기운을 느꼈다.

마치 잡혀 있던 흉악한 식인 동물이 야생으로 풀려났을 때의 기분. 막 풀려난 식인 동물을 코앞에서 마주쳤을 때의 기분이었다.

설마…….

이 힘이 놈에게서?

단은 씽을 바라보았다. 그는 손가락 세 개를 슬쩍 움직였다. 순간 거대한 힘이 그의 머리 위에서 떨어졌다.

"으윽."

쿠쿠쿠쿵—

정말로 찰나였다.

지금까지 수많은 사선을 건너오지 않았다면 절대 느끼지 못했을 여섯 번째 감각. 그것이 발동하여 단은 목숨을 건졌다.

단은 고개를 들어 자신의 의지와는 상관없이 움직인 팔을 보았다. 스파이크드 클럽을 들고 있는 팔이 덜덜 떨리고 있었다.

스파이크드 클럽을 때린 것은 지금까지 봤던 세 개의 손톱이었다.

좌르르륵.

세 개의 손톱이 다시 돌아갔다.

"잘 막는군. 그럼 다시 간다. 네 번째 손톱."

"자, 잠깐 네 번째 손톱이라고?"

"말을 할 시간이 있으면 성의를 가지고 막아봐. 나는 겨우 이런 기술밖에 못 쓰니까."

쿠쿠쿠쿵!

조금 전의 공격보다 족히 두 배는 강한 압력. 머리 위에서 떨어진 손톱이 다시 한 번 단을 짓눌렀다.

"크흐흑. 이런 말도 안 되는 힘이."

단은 무릎을 꿇었다. 너무도 강대한 힘이었다. 하마터면 허리가 부러질 뻔했다. 팔목이 시큰거렸고 놈의 손톱을 힘으로 막아낸 어깨는 금방이라도 부서질 것만 같았다.

그는 상대방의 역량을 잘못 판단했다는 것을 인정했다. 생각보다 훨씬 강했다. 먼저 공방을 벌였어야 하는데 놈에게 거리를 내준 채 너무 느긋하게 있었던 것을 땅을 치고 후회했다.

하지만 이미 벌어진 일.

그와 같은 고수에게는 단 한 수면 전세를 뒤집을 수가 있었다.

문제는 타이밍.

지금까지는 네 개의 손톱. 손가락은 다섯 개. 아마도 상대는 지금보다 훨씬 강한 공격 기술이 남아 있을 것이다. 그것만 버티면 된다.

세상 어떤 기사들도 자신이 가진 최강의 기술을 쓰게 되면 잠시나마 틈이 생긴다. 순간적으로 단전이 텅 비게 되는 상태에서 다음 기술을 쓰기 전까지 딜레이가 될 수밖에 없었다.

그리고 놈은 마지막 기술을 쓰려고 한다.

단은 공격을 포기했다. 그에게는 원거리 공격 능력이 없었다. 이미 거리를 내준 이상 모든 힘을 방어로 돌리고, 그 이후를 노려야 했다.

"흐읍."

단의 전신에서 마력이 흘러나오며 그의 몸을 휘감았다.

마력갑주(魔力甲胄).

순수한 마력으로 갑주를 만들 수 있다는 것은, 단이 그동안 보이지 않는 곳에서 피나는 노력을 했다는 증거물이었다.

단순한 살인마는 아닌 셈이었다.

"오오오! 마력으로 만들어낸 갑주다!"

헬리온 백작과 리토스 자작의 기사들이 거의 동시에 탄성을 내질렀다. 그들 중 반수 이상이 마력갑주를 생성하지 못한다.

"와라!"

단은 씽을 도발했다.

올 테면 오라고, 겨우 네놈 따위의 공격은 얼마든지 막아주겠노라고!

"자신이 있나 보네. 좋아. 성의를 봐서 이번에는 나도 최선을 다해주지."

씽은 입술을 뒤틀며 웃었다.

챙—

그의 손가락에서 무려 열 개의 손톱이 튀어나왔다.

씽의 손톱을 본 단의 얼굴이 백지장처럼 하얗게 변했다.

"너, 너 손톱이 다섯 개가 아니었나?"

"무슨 소리야, 손가락이 열 갠데 왜 손톱이 다섯 개야? 정말 멍청하군."

씽의 말이 끝남과 동시에 다섯 개의 손가락은 상에서 하로, 다섯 개의 손가락은 우에서 좌로 베어졌다.

손톱이 바람처럼 단의 육신을 훑고 갔다.

툭.

단이 들고 있던 곤봉이 수십 조각으로 잘려 우수수 바닥에 떨어졌다.

단의 육신도 마찬가지였다. 수십 가닥의 실핏줄이 좌우로 갑자기 생겨났다.

그는 항복이란 말도 외칠 시간이 없었다. 애초에 자신이 항복을 할 것이라고는 생각지도 않았을 것이다.

그리고 결과는—

후두두두둑.

본인 육체의 분쇄였다.

연무장은 단의 조각난 시체로 인해서 피바다가 되었다. 엄청난 양의 핏물이 흘러 망령들에게 떨어졌다. 피 맛을 본 망령들은 더욱 광란적으로 팔을 허우적거렸다.

잘린 내장과 뼈, 근육, 피하조직들.

바람을 타고 역겨운 피 냄새가 마을 사람들의 콧속으로 빨려 들어갔다.

모두가 말을 하지 못했다.

너무도 잔인한 결말에 넋을 잃을 수밖에 없었다. 아무도, 아무도 이런 결말을 상상조차 하지 못했다.

* * *

"이건 말도 안 돼!"

리토스 자작의 두 눈이 흉흉하게 빛났다. 그는 매서운 눈으로 칠살의 기사단 단장인 케논을 바라보았다. 팔짱을 끼고 있던 케논은 전혀 동요가 없었다.

"이게 어떻게 된 일이냐. 분명 이번 자네는 이번 대결에서 끝이 난다고 말을 하지 않았던가."

케논은 고개를 짧게 끄덕였다.

"그랬지요."

"그런데 졌어. 얼마나 나를 헬리온 백작 각하 앞에서 망신을 줄 생각인가."

팔짱을 끼고 있던 케논은 손아귀에 힘을 주며 있는 힘껏 분노를 참았다.

그는 혈육과도 같은 단원 두 명을 잃었다. 그것도 상상할 수 없을 정도로 처참하게. 그런 상태에서도 리토스 자작의 비위를 맞췄다.

왜? 그와의 약속된 계약이 있기에.

이번 계약이 완료되면 리토스 자작의 머리를 뭉개 버리고 미련 없이 이곳을 떠날 것이다.

"영지전은……."

"영지전은 뭐?"

"3승만 하면 되는 것이 아닙니까?"

"그런데?"

"제 예측이 빗나간 것은 인정합니다. 하지만 아직 제가 남았습니다. 깔끔하게 마무리를 짓겠습니다."

"더 이상 추태를 부리지 마. 그리고 만약 대결에서 패배하

면 살아남을 생각도 하지 말고."

리토스 자작은 있단 자리로 돌아갔다.

케논은 그가 자리로 돌아가는 것도 보지 않았다.

뿌드득—

얼마나 강하게 이를 악물었는지 어금니가 반으로 쪼개졌다. 그는 천천히 걸음을 옮겼다. 망령들 근처에서 펄쩍 뛰어오른 케논은 연무장 위에 올라섰다.

마지막 대결.

2승 2패.

양 영지의 운명을 건 마지막 대결이 시작되려 하고 있었다. 그토록 오만방자하던 리토스 자작도 여기까지 온 이상 냉정을 유지하지 못했다. 그는 헬리온 백작이 앞에 있음에도 안절부절못했다.

리토스 자작은 다리를 떨기도 했고 이빨을 무의식중에 물어뜯기도 했다.

헬리온 백작 앞에서 예의가 없는 행동이지만 리토스 자작은 인지하지 못했다.

헬리온 백작도 그런 리토스 자작의 행동에 별다른 말을 하지 않았다. 자신의 모든 것을 잃을 수 있는 상황. 마지막 대결로 한쪽은 죽음과도 같은 깊은 나락으로 빠지고 말 것이다.

헬리온 백작은 리토스 자작을 힐끗 바라봤다.

욕심 많은 멧돼지.

작은 욕망이 아니다. 리토스 자작의 욕망은 끝이 없었다. 저자는 거래만 할 수 있다면 투신이라 불리는 자신까지도 누군가에게 팔아치울 수 있는 놈이었다.

그렇기에 이번 계획에서 놈을 선택했다.

리토스 자작은 욕망에 눈이 멀어, 충실하게 꼬마 영주를 압박했다.

이제는 마지막 한 수만 남았을 뿐이었다.

이번 영지전만 끝나면 헬리온 백작은 고대의 던전을 손에 넣을 수가 있었다.

전설 속에 존재하는 그것을.

하지만…….

헬리온 백작은 곤에게로 시선을 돌렸다. 머리색이 검은 것을 빼고는 별다른 특징이 없는 사내였다.

그럼에도 그를 처음 본 순간부터 엄청난 위화감을 느꼈다. 그래, 끝이 없는 늪에 실수로 발을 빠진 것과 같은. 다시는 늪에서 빠져나올 수 없을지도 모른다는 공포, 두려움, 좌절과 같은 마이너스 감정.

그것이 곤이라는 자에게서 느껴졌다.

하여 헬리온 백작은 곤이란 자를 지켜봤다. 그리고 영지전이 이 상황까지 오게 되면서 확실하게 깨달았다.

리토스 자작은 곤이라는 자를 이길 수가 없다. 그러고 보니 놈은 단숨에 상황을 대등하게 만들었다. 따지고 보면 꼬마 영주의 전력과 리토스 자작의 전력은 비교조차 할 수가 없었다.

대리 기사를 앞세운 영지전을 벌이는 것 자체가 성립되지 않는 것이다.

그러나 리토스 자작은 귀신에 홀린 것처럼, 당연하게 영지전을 받아들였다.

아마도 그는 당연히 영지전을 이길 것이라고 생각했을 것이다. 그 안일함이 그를 낭떠러지 끝에 서 있게 만들었다.

이제 케논이라는 기사가 곤을 꺾지 못하면 리토스 자작은 모든 것을 잃고 만다.

리토스 자작을 잃게 되면 헬리온 백작은 엄청난 타격을 입게 된다. 꼬마 영주가 다스리는 영지에 있는 던전에 손을 쓸 수 없게 되는 것이다.

그럼에도 헬리온 백작이 나서지 않는 것은…….

곤이라는 사내에 대한 호기심 때문이었다.

* * *

플라이는 이를 부득부득 갈고 있었다. 아직도 곤에게 당한 당시를 생각하면 자다가도 벌떡 일어날 정도였다. 그는 포션

용액 속에 몸을 담그고 있는 스퀘얼을 보았다.

조금만 휴식을 취하면 완치될 줄 알았더니 그게 아니었다. 생각보다 훨씬 상처가 심했다. 척주가 완전히 두 동강이 났고, 혈관과 심줄은 모조리 끊어졌다.

플라이는 이제껏 모은 돈을 모조리 털어서 최상급 포션 수십 통을 산 후 유리통에 부었다. 그리고 스퀘얼을 그 속에 담갔다.

치료 신관의 말에 의하면 완치를 하려면 최소 일주일의 시간이 걸린다고 하였다. 당연히 이번 영지전에는 참가하지 못했다.

스퀘얼은 지금 잠들어 있었다. 상당한 시간과 고통을 감수해야 하기 때문에 마취 마법을 써서 일주일간 잠들게 한 것이다.

만약 곤이 준 포션으로 응급처지를 하지 않았다면 스퀘얼은 반드시 죽었다. 그럼에도 곤을 도저히 용서할 수가 없었다.

"빌어먹을 반드시 죽인다."

플라이는 어금니를 강하게 물었다.

"이놈들이 성에 남은 마지막 기사들인가."

갑자기…….

플라이의 등 뒤에서 목소리가 들렸다. 깜짝 놀란 그는 등 뒤를 바라보았다. 세 명의 사내가 유리관 속에서 상처를 치료하고 있는 스퀘얼을 무심하게 바라보고 있었다.

"이곳에 아무도 들이지 말라고 하녀들에게 말을 전했을 텐데."

플라이는 살기를 억누르며 사내들에게 말했다. 사내들은 멀뚱한 표정으로 어깨를 으쓱거린 후 플라이에게 말했다.

"누구? 우린 그런 말 들은 적이 없는데."

"무슨 말이냐. 분명히 전달했는데."

"무슨 소린지 모르겠네. 아, 됐고. 누가 할래?"

"가위바위보로 하자. 깔끔하게."

"좋아. 그게 낫겠네. 이놈 상당한 마나를 갖추고 있어. 그냥 죽이기에는 아까워."

사내들은 플라이의 말을 끊고는 서로가 가위바위보를 했다. 거구의 사내가 이겼는지 한 손을 들고 무척이나 기뻐했다.

"이봐, 거기서 떨어져!"

플라이가 거구의 사내에게 외쳤다. 거구의 사내는 플라이를 보며 히죽 웃었다.

"싫은데."

그의 얼굴이 네 부위로 갈라졌다. 갈라진 네 부위의 끝부분에는 날카로운 이빨이 가득했다.

"모, 몬스터?"

"몬스터라니. 그런 심한 말을. 어쨌든 잘 먹겠습니다."

거구의 사내의 머리가 유리관을 깨고 들어가 스퀘얼의 머리부터 통째로 삼켜 버렸다.

세 명의 사내.

성안에서 대학살을 벌이고 있는 식신들이었다. 거구의 사내는 당연히 체일.

체일은 치료에 전념을 하고 있던 스퀘얼을 통째로 삼키며 그가 가지고 있던 피와 마력을 모조리 흡수했다. 스퀘얼의 육체가 순식간에 녹아서 사라졌다.

플라이는 눈앞에서 형제가 먹히는 광경을 똑똑히 목격했다. 지금 그가 보고 있는 상황이 현실 같지 않게 느껴졌다. 난데없이 나타난 세 명의 사내에게 형제가, 너무도 허무하게 먹힌다는 것이 믿기지가 않았다.

"오, 좋은데? 힘이 넘쳐. 역시 기사의 피라 다르군."

체일은 혀로 입술을 핥았다.

"이 개자식들이 도대체 뭐하는 놈들이야!"

그제야 정신이 돌아온 플라이는 검을 빼 들었다. 형제가 죽었다. 놈들의 정체 따위는 궁금하지 않았다. 저들의 정체는 나중 일이었다.

일단 형제의 복수를 해야 한다.

플라이의 검에서 푸른색 아지랑이가 흘러나왔다. 그의 검에서 냉기가 뚝뚝 흘렀다.

순식간의 플라이가 있던 방 안은 얼어붙었다. 벽이 얼어붙고, 천장에는 고드름이 생겼다.

절대냉기.

플라이가 가진 최후의 비전이었다. 형제인 스퀘얼과 같이 비전을 사용하면 일순간에 영하 100도까지 온도를 내릴 수 있는 기술이기도 했다.

지금은 비록 영하 100도까지 온도를 낮출 수는 없지만 이 좁은 방 안에서라면 어떤 상대도 자신을 이길 수 없을 것이라 자부하는 플라이였다.

"오, 신경 세포가 죽는다. 이거 대단한데."

불킨이 팔과 다리를 움직이며 감탄사를 내뱉었다. 너무 추워서인지 움직임도 확연하게 느려졌다.

"만만치 않겠는데. 도와줄까?"

퍼쉬가 물었다.

"필요 없다. 겨우 몸을 얼리는 기술 따위야."

체일은 고개를 흔들었다.

"죽어!"

플라이의 오러가 체일의 배를 관통했다.

쩌저저적—

체일의 배에서 얼음꽃이 생겨났다. 얼음은 그의 전신으로 퍼졌다. 순식간의 체일은 얼음 동상이 되었다.

평상시라면 얼어붙은 상대를 보며 잔인한 비웃음을 흘렸을 테지만, 지금은 아니었다. 형제를 통째로 집어삼킨 상대. 사지를 육백 조각으로 갈라 죽일 생각이었다.

플라이의 검이 얼어붙은 체일의 심장을 찌르려는 순간—

꽈지직!

얼음이 산산조각 나며 손이 불쑥 튀어나왔다. 체일의 손은 플라이의 턱을 잡았다. 순식간에 일어난 일이라 플라이는 제대로 대응조차 하지 못했다.

그러나 그는 기사. 이 정도 위기에 대한 임기응변을 충분히 가지고 있었다.

플라이는 재빨리 검을 회전시켜 체일의 팔목을 베었다. 팔목이 잘리면 곧바로 상대의 목에 검을 꽂을 생각이었다.

깡—

"어?"

플라이의 입에서 맥 빠진 소리가 흘러나왔다. 그의 상식으로는 상대의 팔목이 잘려야 했다. 인간의 육체를 가지고 태어난 이상, 오러를 버틸 수 없다는 것이 그의 상식이었다.

그러나 전력을 다한 오러를 담은 검은 상대의 팔목을 자르지 못했고, 자르지 못했을 뿐만 아니라 튕겨져 나왔다. 무딘

검으로 부드러운 고무를 내려친 느낌이 손끝으로 전해졌다.

말도 안 돼!

그는 외치고 싶었다.

하지만 이미 늦고 말았다. 식신의 약점을 모르는 이상, 그의 오러로는 한 단계 업그레이드가 된 체일의 몸을 자를 수가 없었다.

"마스터께서 내려주신 은총이다. 내 안에서 영원히 살도록 해."

플라이를 잡고 있던 체일의 손바닥이 갈라졌다. 그 안에서 눈도 없고, 오직 작은 이빨만 가득한 기괴한 물체가 튀어나왔다. 출처를 알 수 없는 기괴한 생명체는 마치 눈이 달린 것처럼 흐느적거리며 올라와 플라이를 정면으로 바라보았다. 생명체의 수많은 이빨 사이로 침이 툭툭 떨어졌다.

치이이익—

떨어진 침은 산성이 있는지 바닥을 조금씩 녹였다.

"으, 으아아악!"

놀란 플라이가 체일의 손에서 벗어나기 위해서 발버둥을 쳤지만 워낙 손아귀의 힘이 억세 그는 꼼짝도 할 수가 없었다.

기괴한 생명체는 플라이의 입속으로 쑥 하고 들어갔다. 기괴한 생명체가 목구멍을 뚫고 위로 파고드는 것이 똑똑하게 느껴졌다.

곧 자신의 몸이 어떻게 되리라는 상상도 간다. 그렇기에 플라이의 머릿속은 하얗게 변했다. 형제의 복수를 해야 한다는 생각은 진작 지워졌다.

"커헉!"

그의 두려움은 현실이 되었다. 입안으로 들어온 그의 내장은 단숨에 헤집었다. 기괴한 생명체가 내장을 갉아먹는 것이 리얼하게 느껴졌다. 장이 찢어지고, 간이 파 먹히며, 심장에 구멍이 뚫렸다.

그리고 평생 그가 모아온 마나가 엄청난 속도로 빠져나갔다.

"크흐헉."

플라이의 입에서 헛바람이 나왔다. 그의 육체는 바람이 빠지는 것처럼 빠르게 줄어들었다.

이윽고 그의 입에서는 어떤 신음도 나오지 않았다. 노인처럼 비쩍 마른 육체가 체일의 몸에서 축 처졌을 뿐이었다.

체일이 손을 놓았다.

플라이는 바닥에 떨어졌고, 모래처럼 부서져 흩어졌다.

어느새 체일의 손바닥에서 나왔던 기괴한 생명체는 사라지고 보이지 않았다.

"이야, 욕심쟁이. 기사를 둘이나 흡수하다니."

불킨과 퍼쉬가 조금은 부러운 듯한 눈길로 체일을 바라봤다.

"어쩔 수 없잖아. 놈이 나한테 덤비는걸."

체일은 어깨를 으쓱거렸다. 두 명의 기사들이 가진 마나를 모두 흡수했다. 그의 단전에서 이질적인 기운이 뒤섞여 밖으로 나가기 위해 마구 발버둥을 쳤다.

인간의 육체가 다른 종류의 마나를 억지로 흡수했다면 단전이 깨져서 역류를 했을 것이다.

주화입마였다.

하지만 그는 평범한 인간이 아니었다. 장기까지도 철저하게 재조립된 식신. 시간을 들여 억지로 마나를 붙잡아두고 차근차근 그것을 흡수하면 될 일이었다.

"처리됐습니다."

문 안으로 3조의 사렌이 들어오며 말했다. 사렌은 용병들 중에서도 가장 잘생겼다. 비싼 옷을 입히고 조금 치장을 한다면 귀족의 자제라고 해도 믿을 것이다. 여자들에게도 꽤나 인기가 많았다.

용병들은 그런 그를 기둥서방이라고 놀렸다.

물론 본인은 그 별명을 꽤나 싫어한다. 하지만 어쩔 수가 없었다. 사렌도 자신이 잘생긴 것을 안다. 용병이 되기 전에는 여자들에게 빌붙어 등을 처먹었다.

그러다 하필 마지막에 건드린 여자가 유부녀였다. 그것도 마을에서 가장 포악하기로 유명한 사내의 처. 사렌은 그를 피해서 마을을 떠날 수밖에 없었고, 먹고살기 위해서 용병이 되었다.

불킨이 고개를 돌려 사렌을 보며 물었다.

"리토스 자작의 식솔들은?"

"그들 역시……."

사렌은 말끝을 줄였다. 사실 그는 이번 작전에 약간의 거부감을 느꼈다. 성안에 있는 모든 생명체의 말살. 그것은 연약한 노인이나 여성, 어린아이들도 처리해야 한다는 말과도 같았다.

사렌은 부디 그런 사람이 없기를 바랐다.

하지만 상황은 그의 뜻과는 다르게 흘러갔다.

리토스 자작은 정력도 좋은가 보다. 부인만 셋, 자식은 아홉 명에 이르렀다.

무릎을 꿇고 제발 자식들만 살려달라는 부인들의 말에 사렌은 차마 검을 휘두를 수가 없었다. 그를 대신해 부인과 아이들을 죽인 사람은 3조의 조장 에릭이었다. 그는 몬스터를 대하듯이 가차 없이 검을 휘둘렀다.

그것을 본 사렌은 참지 못하고 속에 있는 모든 것을 게워냈다.

사렌의 안색이 좋지 않은 것을 본 식신들은 어떤 상황이었는지 대충 눈치를 챘다.

방을 나가며 식신들은 사렌의 어깨를 다독여 주었다.

"우리가 가는 길은 이보다 더한 시체가 쌓여 있을 거야. 그것이 마스터의 뜻. 도저히 참지 못하면 지금이라도 용병단을 나가면 돼. 그뿐이야."

퍼쉬가 말했다.

"아, 아닙니다. 형편없던 저를 기사 급의 용병으로 만들어 주신 부단장님입니다. 절대로 배신은 할 수 없습니다."

"후, 그럼 좀 더 마음을 단단하게 먹어."

"네, 알겠습니다."

사렌은 길게 한숨을 쉬며 고개를 끄덕였다.

Chapter 9. 핏빛 노을 아래서

연무장으로 향하려는 곤의 손을 헤즐러가 잡았다. 소년의 손끝은 미약하게 떨리고 있었다.

곤은 헤즐러를 바라봤다.

"사부님……."

"그래."

"다치지 마세요."

곤은 손을 뻗어 헤즐러의 머리를 헝클었다.

서로의 모든 것을 건 마지막 대결. 자신이 지면 헤즐러는 모든 것을 잃고 대대로 다스려 온 영지에서 쫓겨난다. 아무것도 없이, 맨몸으로.

가혹한 대지에서 소년은 홀로 살아갈 수가 없었다. 혼자서 어딘가를 향해 뚜벅뚜벅 걸어가다가, 어느 지점에서 쓰러져, 쓸쓸히 죽어갈 것이다.

하여 소년은 '제발 이겨주세요' 라고 말을 해야 했다. 자신의 안위를 위해서, 가문의 영광을 위해서, 영지민들의 안전을 위해서.

그러나 소년은 한마디도 하지 않았다.

순수하게 곤의 안전을 말한다. 아무런 사심이 들어 있지 않은 진실된 마음.

그 마음에 보답하겠다.

곤은 헤즐러를 향해 부드러운 미소를 지은 후 연무장 위로 뛰어 올라갔다.

연무장 위에는 이미 케논이 한쪽에서 자리를 잡고 있었다.

서로의 눈이 마주쳤다.

"이렇게 마주칠 줄 알았지."

케논이 이죽거리며 말했다. 그레이트 헬름을 쓰고 있어 표정은 보이지 않지만 눈빛만으로도 그가 곤에게 얼마나 강렬한 살의를 품고 있는지 알 수 있었다.

그는 절대로 헬름을 벗지 않는다. 목욕을 할 때도, 식사를 할 때도, 여성과 잠자리를 할 때도 헬름을 벗지 않았다. 형제만큼이나 애틋한 감정이 있는 동료들도 그의 얼굴을 모른다.

그는 죽을 자리를 찾아다니는 기사.

본명은 에자크 드 아리나초크.

해상왕국 샤로트의 백작 가문에서 태어난 서자였다.

그가 세상을 떠도는 이유는 생각보다 복잡했다.

귀족의 꽃이라 할 수 있는 백작 가문에서 태어났지만 그는 첩의 자식이었다. 정실의 자식이 아닌 이상 그는 절대로 백작 가문을 이을 수가 없었다.

열두 살이나 어린 남동생과 여동생에게 동생이라 부르지도 못했다. 오로지 극존칭. 아버지 역시 마찬가지였다. 가주님 혹은 영주님. 그 외의 호칭은 아버지가 허락하지 않았다.

그것까지는 괜찮았다. 사회적인 풍토가 그러했고, 태어나면서부터 어머니께 혹독한 교육을 받았기에 작위에 대한 욕심도 없었다.

오로지 자신만의 힘으로 작위를 받으리라 맹세했다. 서자인 그가 작위를 받기 위해서는 기사가 되어, 전쟁에 나가 큰 공을 세워야 했다.

그가 사는 목적은 어머니의 행복, 평생 아버지의 뒷모습만 바라보며 사시는 어머니의 마음을 따뜻하게 해주는 것이다.

작위를 받아 귀족이 된다면…….

아버지도 어머니를 다시 봐주실지 모른다.

대륙의 최강자 쿤타 제국. 모든 것을 가졌지만 그들이 딱 하나 가지지 못한 것이 있었다.

그것은 바로 항구.

부동항을 얻기 위해 제국은 12만 병력을 이끌고 침공했다. 케논은 그 전투에 참가했다. 제국은 겨우 1할의 힘으로 침공을 했지만 해상왕국 샤로트는 사력을 다해서 그들을 막아야만 했다.

패전하면 영토의 반을 빼앗긴다. 잘못하면 조국이 제국의 속국으로 전락을 할 수가 있었다.

1년의 전쟁.

전 국민까지도 합세한 전쟁에서 해상왕국 샤로트는 승리했다.

제국은 큰 소득 없이 물러났다.

제국이 물러난 샤로트 왕국은 축제 분위기에 휩싸였다.

그리고 케논은 전공을 인정받았다. 제국의 기사단 두 개를 격파한 전공을 세운 것이다. 만약 수도를 향해서 진격하는 기사단을 그가 격파하지 않았다면 전쟁의 양상은 어떤 식으로 바뀔지 전혀 예측을 할 수가 없었다.

논공행상에서 케논은 열 손가락 안에 드는 구국의 영웅이었다.

그에게 내려진 작위는 자작. 거기에 더해 상당히 비옥진 영토와 엄청난 아이템, 보물을 받았다.

케논은 고향으로 금의환향하였다.

마땅히 환영을 받아야 할 경사였다. 하지만 성의 분위기는 이상했다.

“도대체 왜 그러느냐? 왜 아무도 마중을 나오지 않았느냐는 말이다.”

그는 하녀를 붙잡고 물었다.

“그, 그게……. 죄송합니다. 저는 말 못 합니다.”

하녀는 케논과 눈을 마주치지 못하고 자리를 피했다.

케논은 이루 말할 수 없는 불길함을 느꼈다. 그리고 얼마 시간이 지나지 않아, 모든 사람이 그에게만 쉬쉬했던 이유를 알게 되었다.

딱 한 명, 기사 지망생인 친한 친구. 그가 모든 사실을 케논에게 이야기해 주었기 때문이다.

“자네 어머님은 돌아가셨네. 자네가 떠나자 영주님의 부인과 자식들이 어머님을 괴롭히기 시작했네. 아마도 자네가 다시는 돌아오지 못할 것이라 생각했겠지.”

“그, 그래서?”

“고통을 견디다 못한 자네 어머니는… 자살하셨네.”

“자, 자살.”

대륙에서 자살은 엄격히 금지되어 있었다. 자살을 한 사람은 대부분 원한이 깊기 때문에, 언데드나 악령이 될 가능성이 무척이나 높기 때문이다.

하여 자살을 한 사람은 곧바로 불태운 후, 재를 강물에 버려 버린다.

즉, 케논의 어머니는 시신조차 온전하게 남아 있지 않다는 소리였다.

그날, 케논은 미쳤다.

단신으로 아버지의 성을 찾아가 정실과 자식들을 모조리 죽여 버렸다. 무릎을 꿇고 살려달라고 빌었지만 케논은 개의치 않고 그들을 반으로 쪼개 버렸다.

그 이후, 케논은 작위도 잃고 도망자가 되었다.

죽을 자리를 찾았지만 질긴 목숨이라 쉽게 죽지도 않았다. 그 와중에 각각 상처를 안고 사는 칠살의 기사들을 만난 것이다.

그들의 흉포함과 잔인성 때문에 사람들은 뒤에서 욕을 했다.

하지만 케논은 그들과 함께하는 것이 즐거웠다. 그들은 조금 더 인생을 살아보게 해준 친구들인 셈이다.

그런 친구가 두 명이나 죽었다.

무참하게…….

케논은 눈앞의 상대를 절대로 살려두지 않으리라 맹세했다.

이제는 이따위 영지전 어떻게 되든 그에게는 아무런 상관이 없었다.

"전력을 다해라. 그것이 죽은 내 동료에 대한 예의다."

"명심하지."

곤은 손도끼를 꺼내 들었다. 겨우 길이가 50센티를 넘지 않는다.

곤의 무기를 본 케논은 눈살을 찌푸렸다. 이제껏 많은 적들을 만나왔지만 저토록 볼품없는 무기를 쓰는 자는 처음이었다. 자신을 얕보는 것인가라는 생각이 들기도 했다.

케논은 등에 차고 있던 여덟 개의 검 중에서 두 개를 뽑아서 들었다.

이도류.

오른손에는 양손 검 플랑베르주, 왼손에는 단검 헌팅 나이프.

"재난검 판도라, 식인검 게리온. 이 두 개의 몬스터 검 앞에서 네가 얼마나 버틸지 보겠다."

케논이 곤을 향해서 일직선으로 나아갔다. 단 한 발 움직였을 뿐인데도 순간이동을 한 것처럼 곤의 코앞에서 나타났다.

"먼저 식인검 게리온."

게리온이 내려쳐지고—

허공이 찢어지며 그곳에서 거대한 마수의 입이 튀어나와

곤의 머리 위로 떨어졌다.

"재앙술 3식. 죽은 자의 방벽."

곤도 주문을 외웠다. 그의 녹색 기운이 발현했다. 동시에 수백 마리의 망령이 튀어나와 떨어지는 괴수와 충돌했다.

쿠쿠쿠쿵—

강렬한 폭음과 함께 후폭풍이 사방으로 뻗어나갔다. 두 개의 강력한 힘이 부딪치며 한꺼번에 소멸한다.

곤은 이번 일격으로 알았다.

케논이라는 자.

남은 여섯 명의 기사를 합친 것보다 더 강하다.

"으아아악!"

"뭐, 뭐야!"

폭풍은 영지전을 지켜보던 마을 사람들에게도 미쳤다. 본능적으로 위협을 느낀 그들이 급히 뒤로 물러났다. 그렇다고 도망을 친 것은 아니었다.

영지민들은 마지막까지 꼬마 영주를 응원할 정도의 의리는 남아 있던 것이다.

"희한한 기술을 쓰는군. 흑마법사는 아닌데."

"샤먼이다."

"인간의 심장을 먹는 그 샤먼?"

"아니거든."

곤은 눈살을 찌푸렸다. 아무래도 샤먼에 대한 나쁜 인식이 모든 사람들의 의식 속에 뿌리박혀 있는 듯했다.

"좋아. 어쨌든, 이것도 막아봐라. 재난검 판도라, 해일(海溢)."

판도라가 휘둘러졌다. 판도라의 코어가 푸른색 빛을 내뿜었다. 동시에 연무장 각 모서리 네 방향을 뚫고 거대한 물기둥이 솟구쳤다. 회오리치듯이 맹렬하게 회전하는 물기둥은 순식간에 곤을 덮쳤다.

쿠쿠쿠쿠—

네 개의 물기둥은 점점 더 크기를 더해갔다. 이윽고, 연무장의 반을 덮어버린 물기둥은 하늘을 향해서 솟구쳤다.

"뭐야, 겨우 이건가? 판도라를 쓸 필요도 없었군."

케논은 고개를 흔들었다. 상대를 너무 과대평가했다. 최소한 1분은 견딜 줄 알았는데. 겨우 2합 만에 사라질 줄은 몰랐다.

"웃기는군."

강렬하게 회오리치는 물기둥 안에서 곤의 목소리가 들렸다.

순간 케논이 움찔거렸다. 시속 수백 킬로미터의 속도로 회전하는 물기둥 속에서 태연하게 말을 할 수 있다니.

그런 것.

케논도 하지 못한다.

"감히 재앙술사 앞에서 재앙은 논하다니, 우습군."

천공을 뚫을 듯이 솟구쳤던 물기둥이 순식간에 사그라졌다. 마치 거대한 발바닥에 의해서 짓눌리는 듯했다. 펑 소리와 함께 물기둥은 완전히 사라졌다.

케논의 미간이 좁혀지며 일그러졌다.

그의 회심에 찬 일격이 곤에게는 전혀 타격을 주지 못했다.

"그 마법검들. 이 정도로 강력한 힘을 썼으니 약간의 딜레이 시간이 있을 테지."

"정답."

"그전에 결말을 봐주지."

"내가 우습게 보이나 보군."

"당연한 소리를 하는군."

철컹.

곤이 들고 있던 손도끼가 바닥에 떨어졌다. 손도끼 손잡이 끝자락에는 얇은 쇠사슬이 길게 연결되어 곤의 손에 들려 있었다.

곤은 손도끼를 휘둘렀다. 윙윙 소리가 나며 휘둘러지는 속도가 점점 빨라졌다.

"최대 사정거리 30미터. 원거리에서 상대하기에는 제법 쓸모가 있더군."

곤의 손도끼가 한참이나 떨어져 있던 케논을 내려쳤다. 케논은 게리온으로 손쉽게 막았다.

"이제 시작이야."

윙윙윙—

점점 더 빠르게.

이미 사람의 시력으로 잡을 수 있는 수준의 속도가 아니었다. 기사라고 해도 마찬가지. 초당 수백 킬로미터 이상의 속도로 회전한다.

무엇인가 회전을 하고 있다는 것을 느낄 수 있는 것은 음파뿐이었다. 곤은 가공할 속도로 회전하는 손도끼를 연속으로 내리찍었다.

꽈직! 꽈직!

연무장의 바닥이 사정없이 깨진다. 그럼에도 손도끼가 날아드는 것은 누구도 보지 못했다. 아니, 보이지가 않는다.

손도끼를 방향을 바꿔 케논의 정수리를 노렸다.

누가 보더라도 케논이 막을 수가 없을 것이라 여겼다. 하지만 케논은 한 손으로 게리온을 휘둘러 곤의 손도끼를 막아냈다.

그럼에도 곤은 조금도 놀란 표정이 아니었다.

"장난이 길군."

케논이 비릿하게 웃었다. 그 역시 전력을 다하지 않았다.

등에 차고 있는 남은 여섯 개의 검. 그것이 모두 발동할 때, 케논의 진정한 전력이 나오리라.

"그럼 이건 어때."

철컹.

곤의 왼손에서 다른 손도끼가 튀어나왔다.

쌍수도끼.

두 개의 손도끼가 회전을 하자 그 위압감은 하나를 휘두를 때와는 비교도 되지 않았다.

두 개의 손도끼가 연속으로 케논의 머리 위로 떨어졌다.

까강— 까강— 까강.

놀랍게도 케논은 눈에 보이지도 않는 쌍수도끼를 모조리 쳐 냈다. 황당할 정도로 대단한 동체시력이었다.

"이런 장난감 따위."

케논이 이도류를 휘두르자 손도끼와 곤을 연결시키고 있던 얇은 쇠사슬이 잘려 나갔다.

힘을 잃은 쌍수도끼는 연무장 한구석에 아무렇게나 튕겨져 떨어졌다.

"이젠 뭘로 공격할래?"

케논은 무덤덤하게 말했다.

"공격할 방법은 많아."

곤은 손목을 슬쩍 흔들었다. 그러자 쌍수도끼가 다시 살아서 움직여 회전했다.

사람들은 눈을 의심했다. 분명 쌍수도끼와 곤은 아무런 연결 고리가 없던 것이다.

그러나 쌍수도끼가 살아 있는 생명체처럼 홀로 움직이는 이유를 케논은 대번에 알아차렸다.

"오러의 실. 대단하군. 마력으로 쌍수도끼를 이토록 자유롭게 움직일 수가 있다니. 하지만 말이야, 다시 말하지만 나를 너무 얕봤어."

쇠사슬이 달려 있을 때보다 더욱 강력하게 쌍수도끼는 케논을 공격했다. 보통의 기사라면 진작 두 조각이 났을 정도의 위력이지만, 케논에게는 어떤 위해도 되지 않았다.

그는 쌍수도끼의 공격을 뚫고 앞으로 나섰다.

한 발.

쌍수도끼가 깨끗하게 반으로 잘렸다. 오러를 품고 있는 도끼임에도 케논의 공격에는 아무런 힘을 쓰지 못했다.

다시 한 발.

케논의 등에서 예리하고 송곳 모양의 스틸레토 단검이 튀어나왔다. 단검은 허공에 둥둥 뜬 채 곤을 향해서 엄청난 속도로 날아들었다.

"쌍둥이 단검, 타키온."

쌍둥이 단검, 타키온은 빛의 속도로 날았다. 곤이 손도끼를 휘둘렀던 속도와는 비교도 안 된다.

말 그대로 빛의 속도.

섬광이 번쩍이며 타키온이 곤의 어깨를 꿰뚫었다. 피가 사방으로 튀며 곤이 뒷걸음질을 쳤다.

케논은 다시 한 걸음을 앞으로 내디뎠다. 그의 등에서 가장 거대한 검이 튀어나와 허공으로 솟구쳤다. 안드리안이 들고 있는 대검보다 더욱 크다.

"뇌검, 인드라."

자체 발생이 된 뇌격이 곤에게로 내리꽂혔다.

뇌격은 그대로 곤에게 직격!

"크크크, 뭐냐. 겨우 이거냐. 이제 겨우 다섯 번째 검이다. 이대로 죽을 테냐!"

케논은 광기에 가까운 광소를 터뜨리며 빠르게 곤에게 접근했다.

*　*　*

헤즐러는 손바닥을 보았다. 땀이 흥건하게 젖어 있었다. 사부의 대결을 보고 있자니 조마조마해서 가슴이 터질 것만 같았다.

솔직한 마음은 당장 이 자리를 떠나 대결의 결과만을 듣고 싶었다.

“영주님.”

앉아 있는 헤즐러보다도 작은 신장의 사내. 등이 두꺼비처럼 굽고 얼굴에는 곰보가 가득했지만 눈빛만은 따뜻한 슈테이가 부드럽게 헤즐러를 불렀다.

헤즐러는 슈테이를 바라봤다. 처음에는 징그럽다면서 그를 피했지만, 곤의 가르침을 받으며 편견이라는 괴물을 마음속에서 떨쳐 냈다.

조금이나마 소년은 사람들의 겉모습이 아닌 진실 된 마음을 보기 시작한 것이다. 소년이 보기에 슈테이는 아픔이 많은 사람이었다.

아마도 어렸을 적부터, 외모 때문에 많은 멸시를 받으면서 살아왔을 것이다.

온실 속의 화초인 자신은 상상도 할 수 없을 정도로 지옥과 같은 삶을 살아왔을지도 모른다.

하지만 슈테이의 눈빛은 잘생긴 남자보다도, 아름다운 여자보다도 맑고 투명했다.

하여 소년은 슈테이와 차를 마시며 대화를 나누는 것이 좋았다. 슈테이는 견문이 무척이나 넓었다. 키스톤과 함께 세상을 떠돈 지 20년 가까이 되어간다고 말했다.

아직 영지 밖으로 나가보지 못했던 헤즐러로서는 모든 것이 신기했다. 헤즐러와 이야기를 할 때마다 슈테이는 자신이 겪었던 모험담을 나름 각색하여 재미있게 풀어주었다.

"응, 슈테이."

"너무 걱정하실 필요 없습니다. 마스터의 능력은 영주님도 잘 아시잖아요."

"하지만 무서운걸. 사부님이 다치는 걸 보기 싫어."

조부와 아버지를 잃은 헤즐러에게 곤은 마지막으로 기댈 수 있는 굳건한 고목과도 같았다. 고목이 쓰러진다는 것은, 자신도 기댈 곳이 없다는 것과도 같았다.

"괜찮을 겁니다. 영주님, 마스터께서 말씀하셨죠?"

"뭘?"

"의지를 가진 자가 얼마나 강한지를요."

"응."

"제가 살아오면서 봤던 모든 사람들을 통틀어, 가장 강한 의지를 가진 사람이 바로 마스터예요. 누구도 마스터의 의지를 꺾을 수가 없습니다."

"그래도… 상대가 너무 강하잖아."

"목표를 가진 사람은 더 강하죠."

"사부님의 목표가 뭔데?"

"……."

그것까지는 차마 슈테이가 말을 할 수가 없었다. 곤은 자신이 무엇을 하겠다고 말을 한 적이 없었지만 그의 일행이라면 누구라도 어렴풋이 느끼고 있을 것이다.

그가 가는 길은 수많은 시체의 산과 피의 강으로 되어 있다는 것을.

"그런 게 있습니다. 나중에 영주님이 크면 알게 되실 거예요. 말이 조금 엇나갔네요. 무조건 마스터를 믿으라고 하면 안 되겠죠. 그럼 예를 들어드릴게요. 대륙에서 가장 강한 자들이 누구인지 아십니까?"

"당연하지. 제국의 레인보우 기사단, 의문의 12 영웅, 아슬란의 21 다크 나이트, 위리어 9마룡, 다섯 하이랜더가 가장 강하잖아."

"네, 맞습니다. 서로 우열을 정하지 못할 만큼 인간계 최강의 존재들이죠. 하지만 거기에 한 명을 더 넣고 싶네요."

"누구? 설마?"

"네, 비록 지금은 그들에게 미치지 못할지는 모르지만, 마스터는 현재 진행형입니다. 아직도 강해지고 있어요. 언젠가 그들을 넘어설지도 모릅니다. 그만큼 마스터는 강합니다. 그러니 너무 걱정하지 마세요. 저 정도 수준의 기사에게 쓰러지지는 않을 겁니다."

슈테이의 말에 위안을 얻었기 때문일까.

헤즐러는 한층 밝아진 얼굴로 연무장을 바라볼 수가 있었다.

*　*　*

8개의 검을 써서 곤을 몰아붙이던 케논은 뭔가 이상함을 느꼈다.

곤이라는 자는 벌써 치명상을 몇 번이나 입었다. 어깨가 반쯤 잘리고, 다리도 너덜너덜, 아직 쓰러지지 않은 것이 용했다.

그가 쓰러지지 않고 있는 이유는 나름 강하다는 자존감과 오기 덕분이라고 생각했다.

하지만 그러기에는 상대가 너무 큰 상처를 입었다. 인간이라면 저토록 많은 상처를 입고서 버티고 서 있을 수가 없었다.

저런 상처라면 피가 모자라 쇼크로 죽고 만다.

피가 모자라…….

'피가 모자라?'

그러고 보니…….

바닥에 피 한 방울이 없었다. 그럼 도대체 놈의 상처에서 튀어나온 것은 무엇이란 말인가.

"도대체 넌 뭐냐! 인간이 아니더냐!"

"능력껏 알아맞혀 봐."

사지가 너덜너덜거리는 곤이 앞으로 나왔다. 그의 주먹과 케논의 판도라가 맞부딪쳤다. 충격파로 인해서 강렬한 폭음이 터졌다. 둘이 순식간에 수십 합을 주고받는 공방을 펼쳤다.

"말도 안 돼! 맨주먹으로 판도라와 경합을 벌인다고?"

케논은 곤에게서 떨어졌다. 도저히 그의 머리로는 이해할 수가 없었다.

무투가들은 주먹으로 검사들을 상대할 수가 있었다.

하지만 맨주먹은 아니었다. 그들 모두 주먹을 보호할 수 있는 건틀렛이나 검날에도 견딜 수 있는 장갑을 사용한다.

세상 어떤 무투가도 오러를 담은 검을 맨손으로 받아낼 수는 없는 것이다.

그것이 상식이었다.

그러나 지금 곤의 주먹에는 어떤 보호 장치도 없었다. 말 그대로 맨주먹으로 재난검 판도라의 검날을 막아낸 것이다.

"이런 괴물 새끼."

어쩌면 자신이 상대를 얕본 것이 아닐까. 케논은 그렇게 생각할 수밖에 없었다.

케논은 자신이 가진 최후의 기술을 사용하기로 마음먹었다. 이것까지 사용하게 되면 최소한 일주일간은 후유증으로 자리에서 일어나지 못한다. 그 고통은 케논조차 참을 수 없을 정도로 지독하다.

그러나 지금 최후의 기술을 사용하지 않고서는 놈의 강철과 같은 육체를 가를 수가 없을 것 같았다.

"천공의 검! 제우스!"

케논의 주문과 함께 마지막까지 그의 등에 남아 있던 검 한 자루가 허공을 향해서 튀어 올라갔다.

이제까지의 화려한 검과 다르게 가장 볼품이 없었다. 그럼에도 검에서 뿜어대는 알 수 없는 힘의 위력은 가장 강했다.

"이것까지 견디나 보자. 먹어라! 천벌(天伐)!"

허공에 떠 있던 검은 놀랍게도, 마법을 부린 것처럼 열 개로 나뉘었다. 하나하나가 강력한 오러를 품고 있는 현실화가 된 검.

열 개로 나눠진 검은 곤을 폭살하기 위해서 떨어졌다.

보통은 두려움에 떨거나 아니면 떨어지는 검을 피하기 위해서 몸을 날려야 했다. 그것이 정상이다.

하지만 곤은 전혀 그럴 기색이 보이지 않았다. 오히려 몸을 날려 열 개의 검 사이로 뛰어들었다.

한낱 인간의 육체와 마법이 깃든 고대의 검과의 격돌.

인간의 육체는 견디지 못한다.

그렇게 생각했건만…….

쿠쿠쿠쿠쿵!

열 개의 검이 한꺼번에 폭발하며 연무장을 쑥대밭으로 만들었다.

영지민들은 눈을 질끈 감아버렸다. 곤이 살아남지 못하리라 생각했다.

연무장을 감싸고 있던 망령들조차 그 가공할 힘에 놀라 잠시나마 멈칫거렸다.

"이, 이건 말도 안 돼."

그러나…….

케논의 안색은 하얗게 변했다. 그레이트 헬름 사이로 보이는 눈동자가 눈에 띄게 흔들렸다.

그때였다.

"모든 사람은 착각을 하지."

케논의 등 뒤에서 곤의 목소리가 들렸다. 깜짝 놀란 케논은 뒤를 돌아보았다. 그곳에는 곤이 있었다. 다시 앞을 보았다. 그곳에도 역시 곤이 있었다.

양쪽의 곤.

"환각에 빠진 건가."

케논은 고개를 흔들고 다시 양쪽을 보았다. 역시 곤은 두 명이었다.

"이토록 강력한 환각이라니."

케논은 이를 악물며 식인검 게리온으로 허벅지를 찔렀다.

식인검 게리온은 주인이라고 하더라도 망설임 없이 먹어치운다.

게리온의 이빨이 케논의 허벅지 반을 물어뜯은 후 삼켜 버렸다.

뼈가 뜯겨 나가지 않은 것이 다행이었다. 그렇지만 심줄이 끊어졌다. 케논은 기동력을 잃었다. 환각에서 깨어나기 위해서 다리 한쪽을 버린 것이다.

그러나—

"마, 말도 안 돼."

아직도 곤은 두 명이었다.

"아직도 환각이라고 생각하는군. 왜 환각이라고 생각하지? 어째서 눈으로만 상대를 확인하는 거지? 누구도 자신을 이길 수 있다는 자만심에서 비롯된 것인가. 웃기는군. 세상 누구도 최강자를 입에 담을 수 없다."

"무슨 개소리야!"

"하늘 위에는 또 다른 하늘이 있는 법이니까. 하여, 어떤 순간에도 방심을 하면 안 된다. 내가 최고라는 생각을 하는 순간 그는 도태되고 만다. 너는 나를 당연히 이길 수 있다고 생각했다. 그 순간 너의 패배가 결정된 거야."

"무슨 개소리냐고!"

"환각도 아닌 간단한 트릭."

두 곤이 점점 케논에게 다가왔다. 케논은 난생처음으로 죽을 수도 있다는 두려움에 휩싸였다. 아직도 왜 곤이 두 명인지 그는 알지 못했다.

"뭐냐! 뭐냐고!"

뒤쪽에 있던 곤은 고개를 흔들었다.

"끝까지 자만심에 벗어나지 못한 자. 사부님, 그만 끝내도록 하세요."

순간 앞쪽에 있던 곤이 엄청난 속도로 케논에게 다가갔다. 너덜너덜 했던 사지가 거짓말처럼 멀쩡했다.

"으아아압!"

케논은 사력을 다해 판도라를 휘둘러 곤의 육체를 갈랐다.

깡—

놀랍게도 재난의 검 판도라는 곤의 육체를 가르지 못했다. 오히려 튕겨졌다. 마치 강철을 내려친 것처럼 그의 손아귀는 충격을 견디지 못하고 찢어졌다.

수천만 번 이상 휘둘러, 근 10년간 한 번도 찢어진 적이 없었던 그의 손바닥에서 피가 뚝뚝 흘러내렸다.

"도대체 넌 누구야? 누구냐고!"

재난의 검 판도라를 몸으로 막아낸 곤이 코앞으로 다가왔다. 곤이 코앞까지 다가와서야 케논은 깨달았다. 상대는 곤이 아니었다.

금방이라도 터질 것 같은 근육, 상당히 경직된 관절, 뛰는 것도 조금 이상했다.

그리고 이마에 알 수 없는 룬어가 적힌 부적.

상대가 인간이 아닌 것은 확실하다. 그렇다고 망령도 아니었다.

그가 살아오면서 겪었던 그 어떤 존재와도 비교가 불가했다.

다가온 그것은 케논의 가슴에 손을 쑥 집어넣었다. 케논은 마법과 물리적 공격의 충격을 20퍼센트까지 줄여주는 최상급 풀 플레이트 메일을 착용하고 있었다.

케논이 자랑하는 방어구가 너무도 힘없이 찢겨 나갔다. 그리고 알 수 없는 존재의 억센 손은 케논의 하체를 갈기갈기 찢어버렸다.

두 동강이 난 케논의 상체와 하체가 따로 연무장 바닥에 떨어졌다. 튕겨 나간 하체는 망령들의 늪에 빠져 버렸다.

"너, 너는 도대체… 누구야."

곤의 어깨 위로 침식하듯 감싸는 검은 손. 자세히 보니 그 기이한 존재는 하나가 아니었다. 두 개의 검은 그림자. 둘 모두 이마의 부적이 달려 있어 그것이 무엇인지 아직도 알 수가 없었다.

"도대체… 넌 무엇을 데리고 다니는 거지."

"……"

곤은 아무런 말을 하지 않았다.

"악… 마. 너야말로… 악마다."

케논의 숨이 멎었다. 그는 두 눈을 감지 못했다.

싸움은 끝이 났다.

영지전은 헤즐러 남작의 승리로 돌아갔지만, 누구도 함성을 지르지 못했다.

그저 무시무시한 적막감만이 연무장과 마을 광장 전체를 감싸고 있을 뿐이었다.

곤은 리토스 자작을 바라봤다. 리토스 자작은 완전히 얼어붙은 채 입도 제대로 열지 못했다.

"발가벗겨졌군. 자작 나으리."

곤의 잔인한 웃음이 마을 광장을 관통했다.

*　　*　　*

믿을 수가 없었다.

믿기지도 않았다.

리토스 자작이 만나봤던 모든 기사 중에서 케논은 열 손가락 안에 드는 강자였다. 어느 왕국에 가도 작위를 받을 수 있는 수준의 강자.

용병이 된다면 톱클래스였다. 톱클래스, 즉 SS급의 용병이 된다면 귀족보다 훨씬 많은 돈을 벌수가 있었다. 혼자서 성을 세울 수 있을 정도로.

그런 기사가, 단 일곱 명만을 데리고 대륙을 떠돌았다. 이유는 묻지 않았다. 묻지 않아도 뻔한 일, 큰 죄를 지어 한곳에 정착을 할 수 없기 때문이었다.

하여 돈으로 그들을 붙들었다.

의리? 명예? 그런 같잖은 이유는 접었다. 서로가 원하는 것이 있으니 도울 뿐이었다.

리토스 자작은 힘을 원했고, 칠살의 기사단은 돈을 원했다. 서로의 이해관계가 맞아떨어졌다.

어느 시점까지는 서로 간의 손발이 잘 맞았다. 칠살의 기사단도 이해관계가 맞는 이상 굳이 리토스 자작의 영지에서 떠날 필요를 느끼지 못했다.

영지전이 벌어지기 전까지는…….

그토록 믿었던 칠살의 기사단은 무참하게 패했고, 남은 것은 아무것도 없었다.

아무것도.

물거품처럼 모든 것이 늪 속으로 사라진다.

"결과가 나왔군."

자리에 앉아 있던 헬리온 백작이 리토스 자작을 바라보며 말했다. 그의 눈빛에서는 경멸이 가득 차 있었다.

헬리온 백작의 눈빛을 리토스 자작은 참을 수가 없었다.

"끝이, 끝이 아닙니다. 아직 끝나지 않았단 말입니다. 자바!"

리토스 자작은 직속 기사단의 단장을 불렀다. 덩치가 크고 눈이 부리부리한 기사단장 자바가 곧바로 앞으로 튀어나왔다.

"옛, 영주님."

"전투를 준비하라. 목표는 헤즐러 남작. 최단시간 안에 목숨을 취한다."

"알겠습니다."

자바는 고개를 끄덕였다.

리토스 자작과 자바의 말을 들은 서른 명의 가사가 곧바로 전투준비를 취했다.

"뭐하는 짓인가!"

헬리온 백작의 수석 기사 부루스가 노성을 터뜨리며 그들의 앞을 가로막았다.

그는 헬리온 백작의 오른팔이자 섬광의 부루스로 이름 높은 최상위 무력을 가진 기사였다. 막말로 그 혼자서 리토스 자작의 기사단을 쓸어버리는 일도 가능했다.

"비키시오."

리토스 자작이 맞받아쳤다. 이미 그는 눈에 보이는 것이 없었다.

지금 그의 행동은 헬리온 백작에게 무척이나 예가 없는 짓이었지만 리토스 자작은 어차피 잃을 것이 없었다.

당장 그는 헤즐러를 처리하는 것이 우선이었다.

"뭐시라!"

섬광의 부루스가 검에 손을 댔다. 더 이상 움직이면 베겠다는 협박이었다.

"비켜!"

그럼에도 리토스 자작은 겁을 먹지 않았다. 그의 눈동자에서는 광기마저 느껴졌다.

"비켜줘라."

헬리온 백작이 부루스에게 말했다.

"하오나……."

"궁지에 몰린 쥐다. 지금은 건드려서 좋을 것이 없다."

"후, 알았습니다."

부루스는 한걸음 뒤로 물러나 리토스 자작과 기사단에게 길을 터주었다.

궁지에 몰린 쥐라는 말을 리토스 자작도 똑똑히 들었을 것이다. 그런 말도 그의 귀에는 들리지 않았다. 오직 헤즐러를 죽여야 자신이 산다는 것만 머릿속에 가득했다.

"모두 죽여라!"

리토스 자작의 명령이 떨어졌다. 모두가 검을 빼 들었을 때.

피투성이가 된 병사 한 명이 리토스 자작의 앞에 무릎을 꿇으며 쓰러졌다.

"여, 영주님."

리토스 자작은 쓰러진 병사를 보았다. 영지를 지키는 병사 중에 한 명이었다. 이름은 기억나지 않는다. 수백 명이나 되는 병사들의 이름을 일일이 기억할 수 있을 리도 없었다.

하지만 자신의 병사라는 것만은 확실하게 기억했다.

"네가 여긴 어쩐 일이냐."

쓰러진 병사는 이곳에 있으면 안 되었다. 이자는 영지를 지켜야 하지 않은가.

영지전에서 참패한 것보다 더한 불길함이 리토스 자작의 등줄기를 스치고 지나갔다.

"당했습니다. 크흑."

"당해? 뭐가?"

"이 영지전 자체가 함정입니다. 주력을 양쪽으로 분산시켜 각개격파를 하기 위한."

"그게 무슨 소리냐니까!"

리토스 자작은 버럭 소리를 질렀다.

"전멸입니다. 성안의 모든 사람이 죽었습니다."

쿵—

리토스 자작은 심장이 내려앉았다. 머릿속이 하얗게 변했고 병사가 무슨 말을 하는지 제대로 이해가 되지도 않았다.

"내 아내들은, 자식들은?"

"모두— 컥."

어디선가 날아온 손도끼가 병사의 머리를 수박처럼 깨뜨렸다.

"거기까지."

곤이었다.

그는 리토스 자작을 보며 빙그레 웃었다. 무섭도록 잔인한 웃음이었다.

"이리는 늑대로 잡고, 늑대는 범으로 잡는 법이지. 자, 마지막 파티를 시작해 볼까."

Chapter 10. 왕도로 가는 길

헬리온 백작과 그를 따르는 기사단은 말을 타고 헤즐러 남작의 영지를 벗어나고 있었다.

"정말 이대로 물러나도 되겠습니까?"

섬광의 기사 부루스가 물었다. 그는 아무런 말없이 물러나는 것이 꽤나 분한 모양이었다. 이해도 되지 않고.

"우리가 낄 장소가 아니야."

"하오나… 그대로 두면 리토스 자작은……."

"그래, 죽겠지."

"으음."

부루스는 얕은 신음을 흘렸다. 그의 주군인 헬리온 백작이 이번 일에 얼마나 신경을 썼는지 가까이서 모셔온 부루스가 가장 잘 알고 있었다.

모든 것을 내팽개치고 이번 일에 매달렸다고 해도 과언이 아니었다.

한데, 이렇게 쉽게 물러나는 것이 부루스는 이해가 가지 않았다.

말꼬삐를 잡고 있는 헬리온 백작은 조금 전 있었던 일을 상기해 보았다.

헬리온 백작과 곤은 눈이 마주쳤다.

곤의 눈과 마주치자 헬리온 백작의 몸에서 잠들었던 투신의 힘이 반발했다.

상대를 부수고 싶다고, 힘을 각성시키라고.

참을 수 없는 그 욕망을 헬리온 백작은 억지로 삼켰다. 지금은 때가 아니었다.

듣지도, 보지도 못했던 흑발의 기사. 이런 자가 무명으로 지냈다는 것이 이상할 정도였다. 이 정도의 무력을 가진 자라면 세상 어디를 가도 이름을 날릴 수가 있었을 텐데.

칠살의 기사. 그중에서도 케논이라는 자는 헬리온 백작도 들어본 적이 있을 정도였다.

여덟 개의 마법검을 자유자재로 쓰는 기사. 마법검에는 언령이 담겨 있기 때문에 한 가지 힘도 제대로 사용하기 힘들었다. 특히 클래스가 올라가면 갈수록 그러한 경향은 더욱 강했다.

하지만 케논이 쓰는 마법검은 분명 최상급. 그것을 여덟 자루나 쓴다는 것은 케논의 능력치가 얼마나 높은가를 알려주는 것과도 같았다.

부루스에게 미안하지만 케논이 전력을 다한다면 그도 한 수 처질지 모른다.

그만큼 케논은 강자였다.

그런 상대가 너무도 허무하게 목숨을 잃었다. 미친 것처럼 이성을 잃고 자멸을 한 것처럼 보였다. 아니, 다른 사람들의 눈에는 그렇게 보였을 것이다.

하지만 헬리온 백작은 분명히 보았다. 곤이라는 자의 등 뒤에서 강대한 살기를 내뿜고 있는 두 괴물을. 그 괴물들은 케논이 죽자 거짓말처럼 사라졌다.

헬리온 백작의 능력으로도 그들이 어디로 갔는지 찾지 못했다. 기술은 봤으나, 트릭을 알아채지 못했으니 상당히 위험한 상대였다.

그만큼 강한 자를 이곳에서 오늘, 처음 봤다.

"이제는 학살을 하려고 합니다."

곤이 헬리온 백작을 보며 말했다.

"그런데?"

헬리온 백작은 끓어오르는 투기를 강제로 억누르며 대답했다.

"같이 끼시렵니까?"

학살을 하겠다는 말. 그것은 리토스 자작의 존재를 이곳에서 지워 버리겠다는 소리였다.

그리고 같이 끼겠냐는 말. 리토스 자작과 함께하겠냐는 물음이었다.

헬리온 백작은 병사가 죽으면서 하는 말을 듣는 순간 모든 상황을 눈치챘다.

사실 처음부터 리토스 자작이 대리전을 벌이는 것이 이해가 되지 않았다. 바보가 아닌 이상 압도적인 전력을 두고 굳이 대리전을 벌일 필요가 없는 것이다.

왜 그는 굳이 불필요한 대리전을 펼쳤을까.

아무리 자만심이 강하다고 하더라도 패배할 확률이 있는 대리전을 택한 이유는 오직 리토스 자작, 그만이 알 것이다.

되짚어 생각을 해보니, 헬리온 백작의 영지에도 이상한 소문이 돌지 않았던가.

설마?

아니야.

헬리온 백작은 고개를 흔들었다. 톱니바퀴가 돌아가듯 이처럼 딱딱 맞기도 어려웠지만, 인위적으로 이런 계획을 세웠다는 것은 더욱 믿기 어려웠다.

만에 하나, 정말로 그렇다면 곤이라는 자의 손에서 모두가 놀아난 꼴이었다.

꼴사납게도.

어쨌든 간에 헤즐러 남작에게 최고의 결과가 주어졌다. 이토록 좋은 결과는 누구도 상상하지 못했을 것이다.

만약 이 모든 것이 곤이라는 자의 계획이라면… 그는 반드시 경계해야 할 자였다.

그리고 이제부터 그와 협상을 해야 한다.

"아니, 끼지 않겠다."

"다행이군요."

뭐가 다행이란 말일까. 그 의미가 불투명하다. 그렇기에 더욱 경계를 하게 된다.

"자네는 무척이나 대담하군. 내가 누군 줄은 아나?"

"권세를 자랑하시려면 다음번에. 지금은 무척 바쁠 것 같군요."

"나를 적으로 만들어서 좋을 것은 없을 텐데."

"저도 그럴 생각 없습니다. 단지, 특수한 지금의 상황을 이해해 주시길."

"그것도 그렇군."

헬리온 백작은 리토스 자작을 바라봤다. 그는 분노와 모멸감에 눈이 멀어 기사들에게 모조리 죽이라고 명령하고 있었다.

이해는 가지만… 이미 늦었다는 것을 헬리온 백작도 느끼고 있었다.

"얼마나 좋은 선물을 가지고 오는지 확인하겠네."

"기대하시지요."

곤의 말에 고개를 끄덕인 헬리온 백작은 수하들에게 '가자' 라는 말과 함께 자리를 떴다.

"어딜 가십니까! 백작 각하, 이대로 저를 내버려 두실 겁니까!"

리토스 자작의 분에 찬 절규가 마을 광장에 길게 울려 퍼졌다.

"자네도, 살아남으면 나를 찾아오게."

헬리온 백작은 무척이나 잔인한 말을 남긴 채 말에 올라탔다. 그러고는 미련 없이 그 장소를 떠났다.

"각하, 후회하실 겁니다. 절대로 후회하실 겁니다!"

헬리온 백작의 등 뒤에서 소름이 오싹 돋을 만큼 리토스 자작은 저주의 말을 내뱉고 있었다.

그것이 조금 전의 있었던 일이었다.

"자네, 우리의 상황을 알지?"

헬리온 백작은 부루스에게 물었다.

"그렇지요. 저희의 상황은 그리 좋은 것이 아니지요."

"맞아. 왕국을 생존을 위해서는 어쩔 수 없이 헤즐러 남작의 영지가 필요했지."

"백작 각하의 명예를 더럽힐 수는 없죠."

강제로 탈환하지 않음을 얘기하는 것이다.

"둘 중의 하나네. 확률은 반반."

"무슨 말씀이신지."

"최대의 강적을 맞든지, 왕국을 지킬 든든한 우군을 얻든지."

"그자를 그렇게 높게 치십니까?"

"모르겠다. 단지."

"단지?"

"그자가 범용한 자는 아니라는 것. 그런 자가 지금까지 이름을 알리지 못한 이유를 모르겠다."

"살인자겠지요."

"충분히 가능성은 있는 말. 그의 얼음 같은 냉기로 보아 충분히 가능하다. 뭐, 다음 수는 그쪽이 둬야 하니 이쪽은 일단 지켜보자꾸나."

"위험한 잡니다."

"안다."

"그런데도 지켜보시겠다고요?"

"보자. 그자가 어떤 식으로 나오는지, 확실히 말하마. 리토스 자작과 헤즐러 남작의 영지전은 헤즐러 남작의 승리로 끝났다. 우리는 공증을 섰다. 이 뒷일은 그들끼리 알아서 할 문제야. 그리고 우리는 승자와의 계약을 유리하게 하면 돼. 예상보다 훨씬 빗나갔지만, 아직 주도권을 쥐고 있는 것은 우리야."

"후, 알겠습니다."

부루스는 한숨을 내쉬며 답했다.

하지만 그들은 마을 회관에서 어떤 일이 벌어지고 있는지 상상조차 할 수 없었을 것이다.

*　*　*

곤은 영지민들을 둘러보았다. 높은 위치에서 천 명에 달하는 사람들의 표정들을 또렷하게 볼 수가 있었다.

"우리가 잘 먹고 잘살고 싶으면, 리토스 자작님을 밀어야 한다고. 이딴 영지전 따위가 무슨 소용이 있어. 그러니까……."

곤은 리토스 자작을 편드는 영지민을 향해서 손도끼를 날렸다.

그는 머리가 부서져 바닥에 쓰러졌다.

"으아아아악!"

사람들은 놀라 기겁을 하며 사방으로 흩어졌다.

"모두 들어라!"

곤이 외쳤다.

그의 내공이 담긴 목소리가 사방으로 퍼져 나가자 사람들은 순간적으로 멈칫거렸다.

"잘 먹고 잘살고 싶지 않나! 너희에게는 마지막 기회다. 영주에게 충성을 보여라. 지금까지 다른 영지보다 세금도 적게 걷고, 너희를 위해서 살아온 영주다. 하지만 지금은 일생일대의 위기에 쳐해 있다. 물론 영지전에서는 이겼다. 당연히 우리가 모든 것을 가져야 하지만, 저들은 그렇게 생각하지 않는다. 너희의 모든 것을 빼앗을 것이다."

사람들 틈에 껴 있던 홀은 일찌감치 안면을 바꾼 채 군중들의 속에 있었다. 처음 명령을 받았을 때는 마스터가 미친 줄 알았다.

말이 안 된다고.

그런 일은 벌어질 수가 없다고.

하지만 여기서 그가 도화선을 당기면 그런 일은 벌어진다.

망설임 없이 그는 도화선을 당겼다.

"죽여라! 죽여! 우리의 영지는 절대로 못 넘겨준다."

훌은 돌을 리토스의 기사들에게 던졌다.

군중심리는 이래서 무섭다. 그가 돌을 던지자 수십, 수백 명의 사람들이 돌을 던지기 시작했다. 물론, 겨우 돌팔매질에 당할 기사들이 아니었다.

서른 명이라고 하더라도 그들은 기사다. 막강한 방어구를 입고 있는 이상 그들에게 상처 하나 입힐 수 없었다.

하지만 군중들이 자신들을 거부한다는 심적 충격은 만만치 않았다.

"죽여! 모조리 죽여 버려! 이 땅에 다시 나의 왕국을 세우면 그만이다."

리토스 자작은 눈이 뒤집혀 소리쳤다.

하지만—

어느새 죽은 병사를 쫓아온 스무 병의 용병이 곤의 옆에 서 있었다.

바닥에서 망령들이 울부짖고 있음에도, 식신들은 전혀 겁을 먹지 않은 채 연무장 끝자락에 발바닥을 걸치고 몸을 흔들흔들거렸다.

스무 명의 용병.

이미 그들은 평범함을 넘어섰다.

특히 식신들은 진화를 거듭해 마수에 가까워졌다. 본인들은 그것을 인지하지 못하겠지만.

"마스터, 저것들은 해치우면 됩니까?"

불킨이 물었다.

"그래. 모두가 볼 수 있게 최대한 화려하게 없애라."

"명령 받듭니다."

식신들의 몸에서 녹색 기운이 일렁거렸다. 곤과 같은 기운이었다. 그들은 곤의 명령에 따라 리토스 자작의 기사들 한복판으로 뛰어들었다.

"뒤쳐지지 마라!"

게론이 소리쳤다.

용병들 역시 식신들에게 공을 뺏길 생각이 없었다. 그들은 곧바로 기사들과 검을 부딪쳤다.

"주인, 저들을 도와줄까?"

펑펑이 나타나 곤의 어깨에 앉았다.

"그게 좋겠군."

곤은 고개를 끄덕였다.

"헤헤, 오랜만에 이 펑펑 님의 능력을 보여주마! 증폭!"

펑펑의 주문과 함께 용병들의 마력이 순식간에 3할 이상이 높아졌다. 에리카와 비슷한 버퍼. 물론 미묘하게 다르지만 펑펑도 진화를 거듭해 곤뿐만 아니라 다른 사람, 혹은 물체까지

전체 능력을 3할 이상 향상시킬 수가 있게 되었다.

"그런데 말이야, 주인. 아까 그건 뭐야?"

평평은 궁금하다는 듯이 곤에게 물었다.

"뭐?"

"이마에 부적을 붙인 그 괴물들……."

"괴물 아니다."

"그럼 뭔데?"

"사부님들."

"사부? 그 괴물 노인네들? 말도 안 돼. 그분들은 지하 감옥에 있지 않아?"

"잘 생각해 봐. 그분들이 정말로 살아계신 분들이었는지."

"설마… 주인을 가르친 분들이 영혼이었어?"

"설마가 아니라 진실. 그리고 그분들께서 마지막 선물을 주신 게 이거다."

곤은 양팔에 문신을 보여주었다.

가만히 생각을 해보니 곤의 양팔에 문신이 생긴 것은 오크의 도시 뮤질란에서 지하에 갇힌 이후 같았다. 크게 신경을 쓰지 않았건만.

"그게 뭐야?"

평평은 조심스럽게 물었다.

"말 그대로 마지막 선물. 그분들의 육체를 언제라도 소환할 수 있는 룬어다. 최소 재앙술 6식을 사용할 수 있게 되면 그분들의 육체를 소환할 수가 있지."

"6식? 지금까지 5식까지만 사용할 수 있는 게 아니었어?"

"한두 가지 정도는 사용할 수 있어. 덕분에 그분들의 육신을 소환할 수 있게 된 거지. 이마에 부적을 붙인 이유는 그분들의 육체를 내 의지대로 조종할 수 있게 하기 위해서야. 유일한 약점이지. 부적을 떼면 나와 그분들의 육체에 연결된 의식이 끊어져."

"노인네들의 육체라. 도대체 얼마나 강한 거지?"

"사부님들께서는 자신들의 육체를 마음껏 사용하라고 하시며 떠났다. 그분들의 육체는 최강이야. 도검불침, 만독불침, 금강불괴의 모든 성질을 띠고 있어. 놀랍게도 마법에 대한 내성도 있지."

"말도 안 돼. 주인보다 강한 것 아니야?"

"강하지. 만약 그분들의 육체에 영혼이 있다면 작은 왕국쯤은 단숨에 쓸어버렸을 거야."

"놀랍네. 도대체 무슨 수를 썼기에. 그런데 육신만 남은 그 노인네들을 뭐라고 불러?"

곤은 펑펑을 보며 빙긋 웃었다. 리토스 자작에게 보였던 웃음과는 비교도 안 되는 차분하고 따뜻한 미소였다.

"강시."

*　*　*

"이, 이게 무슨."

리토스 자작의 기사단장 자바의 검에서 오러는 이미 사라졌다. 오러를 가지기 위해서 이십 년을 넘게 검에만 매진해 왔다.

나이, 서른셋에 처음 검에서 오러가 발현되었을 때.

그때의 감동을 잊지 못한다.

첫 아이가 태어났을 때보다, 첫 아이가 처음으로 일어났을 때보다, 집을 장만했을 때보다 더욱 감격스러웠다.

모든 기사들의 꿈.

오러.

오러를 얻은 날, 자바는 떨리는 마음으로 오러를 내뿜는 검을 가볍게 휘둘러 봤다. 바닥이 움푹 파였다. 그다음은 집 앞에 있던 200년 된 나무에 오러의 검을 휘둘렀다. 둘레만 열 사람이 팔을 벌려야만 손끝이 닿을 수 있을 정도로 엄청난 굵기의 나무였다.

그런 나무가.

쿠쿵 소리를 내며 반으로 갈렸다.

오러를 내뿜을 수 있는 이상, 누구에게도 지지 않을 것 같았다. 그리고 그 힘을 바탕으로 승승장구를 하여 기사단장의 자리까지 올라왔다.

아내도, 노모도 눈물을 흘리며 좋아했다. 아이들도 귀족들과 같이 좋은 교육을 받았다.

그가 남은 인생에서 바라는 것은 가정의 화목이었다. 제발, 별 탈 없이 이대로 시간이 지나기를…….

그것이 꿈이라는 것을 깨닫는 데는 얼마의 시간이 걸리지 않았다.

그의 시선에 잡힌 괴물과 같은 인간들.

서른 명에 달하는 기사들이 순식간에 도륙을 당하고 있었다.

말 그대로 도륙.

기사들은 제대로 된 방어조차 하지 못했다.

상대는 용병. 아니, 기사인가.

입고 있는 옷으로 보아 용병이 맞을 듯했다. 그들의 방어구도 형편이 없었다. 기사들과는 비교조차 할 수가 없었다. 그럼에도 그들의 공격력은 기사들을 훨씬 상회했다.

저토록 강한 공격력이기에 방어구가 필요 없는지도 모른다.

그리고 눈에 띄는 세 명.

세 명의 용병은… 자바의 동료들을 맨손으로 찢어 죽이고 있었다. 팔과 다리를 잡고는 그대로 뜯는다. 뜯어서 피를 입안에 꿀꺽꿀꺽 삼켰다.

솔직히 그는 피가 튀는 전투에 참가한 적이 한 번도 없었다.

하지만 수많은 대련을 통해서 전쟁에 참가한다면 충분히 전과를 올릴 수 있을 것이라 생각했다. 나름 자신이 강하다는 자부심이 있었다.

그러나 그의 자부심은 무참하게 무너졌다. 눈앞에서 보이는 싸움이 전쟁의 축소판이라면 그는 살아남을 수 없을 것이다.

"우에에에엑!"

피 냄새를 견디지 못한 자바가 어제 먹은 음식을 모조리 토해냈다. 이미 위장에서 녹아버려 넘어오는 것은 신물뿐이었지만 그럼에도 속은 견디지 못했다.

자바의 동료들은 모두 쓰러졌다. 적들은 한 명도 쓰러뜨리지 못했다.

죽은 자는 모두 오랫동안 손발을 맞춰온 그의 친구들뿐이었다.

용병들 중에 한 명이 다가와 그의 목에 검을 댔다.

"준비가 됐나?"

"무, 무슨 준비?"

자바가 되물었다.

"당연한 말을 묻는군. 죽을 준비지. 5초 줄게. 그동안 세상에 대한 반성이라도 해."

"주, 죽고 싶지 않아."

"그건 들어줄 수가 없군."

"왜? 나는 아무런 짓도 하지 않았어. 죽인 사람도 없단 말이야."

"너는 죄를 지었잖아."

"무슨 죄?"

"잘못된 주군을 모신 죄."

"잘못된 주군……."

"그래, 그럼 가라."

용병은 검을 휘둘렀다.

자바는 '잠깐만' 이라고 외치고 싶었지만 말이 나오지 않았다. 그의 목이 어느새 잘렸기 때문이었다. 잘린 목이 허공에 떠올랐다.

아주 잠깐 그는 집에 있는 노모와 아내, 자식들이 생각났다.

아주 잠깐.

그리고 그의 의식은 검은색으로 물들었다. 검은색으로 물든 의식은 다시 밝아지지 않았다.

*　*　*

주르륵.

리토스 자작의 바지가 노랗게 물들었다. 공포와 두려움을 견디지 못하고 바지에 실례를 한 것이다. 그는 케논이 죽었을 때부터 지금까지 어떤 상황인지 제대로 인지하지조차 못했다.

어쩌면 하고 싶지 않았는지도 모른다.

모든 것을 잃었다는 것을.

모든 것이 물거품 속으로 사라졌다는 것을.

그는 주위를 돌아보았다. 믿었던 칠살의 기사들도, 오랜 시간 함께해 온 서른 명의 가사도 모조리 죽임을 당했다. 잘린 팔과 다리, 목이 아무렇게나 바닥에서 뒹굴었다.

그의 발바닥이 끈적끈적할 정도로 피는 넘쳐 났다.

죽은 자들 이외에는 그의 주위에는 아무도 없었다.

이곳의 영지민들은 멀리서 숨을 죽인 채 학살을 지켜보고 있을 뿐이었다.

"이건 꿈이야. 현실이 아니야."

성에서 나설 때만 하더라도 리토스 자작은 백작으로 승격이 될 수 있다는 꿈에 부풀어 있었다.

오후가 되면, 지금 이 시간에는 꼬마 영주에게 모든 권리를 이양받는 문서에 도장을 찍고 있어야 했다.

예상대로였다면.

그런데 지금 상황은 어떠한가.

병사의 말을 따르자면 성에 남아 있는 모든 사람이 죽었다고 한다. 그것이 진실이든, 거짓이든. 가족의 생사는 절망적이었다.

가족과 기사단을 모두 잃었다.

도대체 어디서부터 잘못된 것일까.

리토스 자작은 곤을 바라봤다. 곤을 바라보는 그의 눈빛은 증오가 가득했다.

그래, 저놈이다. 저놈이 헤즐러 남작의 영지에 나타나면서부터 모든 일이 꼬이기 시작한 거다.

리토스 자작은 검을 든 채 곤을 향해 곧장 걸어갔다. 그의 앞을 게론이 가로막으며 검을 휘둘렀다. 리토스 자작이 게론의 검을 막아냈다.

"어쭈."

게론이 어이가 없다는 듯이 입술을 뒤틀었다. 비록 전력을 다한 내려치기는 아니었지만 어중간한 솜씨의 검사가 막을 수 있는 수준은 아니었다.

비록 마나의 양은 상급 기사 정도는 아니었지만 그들을 능가하는 실전과 기술을 익혔다. 동급의 기사라면 절대로 그를 이기지 못한다.

그런데 어쭙잖게 검술을 익힌 리토스 자작이 너무도 쉽게 그의 검을 튕겨낸 것이다.

"애송이는 빠져."

게론의 속을 뒤틀리게 하는 말과 함께.

"애송이? 나를 앞에 두고 애송이? 크크크. 그래, 그럼 애송이 맛을 좀 봐라."

게론의 눈빛이 달라졌다. 그의 검에서 붉은색 아지랑이가 피어올랐다. 그의 화끈한 성격만큼 오러 역시 파괴력이 일품이었다.

"무척 따가울 거야."

게론은 차갑게 웃으며 말했다.

"게론."

곤이 게론을 불러서 세웠다. 리토스 자작의 목을 향해서 날아들던 검이 목 언저리에서 딱 멈췄다. 한번 움직인 검을 중간에 멈추는 것은 무척이나 힘든 일이다. 운동에너지로 인해서 약간이라도 앞으로 더 튀어 나간다.

하지만 게론은 정지 마법을 사용한 것처럼 리토스 자작의 목을 바로 앞에 두고 정확하게 멈췄다.

이제껏 수련을 게을리하지 않았다는 증거였다.

용병들의 우두머리인 게론이 앞을 트자 다른 용병들도 자리를 비켰다. 차림은 자유분방했지만 행동은 무척이나 일사불란했다.

곤은 팔짱을 낀 채 물끄러미 리토스 자작을 바라보고 있었다.

오만한, 무척이나 오만한 자세였다.

승리자인 것처럼.

리토스 자작은 이를 악물었다.

인정하지 못한다.

절대로.

"기사라면… 내려와서 내 검을 받아라."

"나는 기사가 아니야."

"뭐?"

전혀 의외의 말을 들은 리토스 자작이 얼굴을 찌푸렸다. 곤이 자신을 놀린다고 생각했다.

"닥치고 내려와. 죽여 버리겠다."

"뭔가 착각을 하고 있군. 내가 수하들을 물린 이유가 기사처럼, 정정당당하게 검을 맞대려고 한 것으로 생각하는가?"

"무슨 말이냐."

"너는 우리 꼬마 영주가 강해지기 위한 발판이다. 고로 처형한다."

처형?

"감히 네놈 따위가 귀족인 나를 처형해? 개소리하지 말고 내 손에 죽어라! 네놈만큼은 반드시 죽이겠다."

리토스 자작은 연무장으로 펄쩍 뛰어오르며 곤을 향해서 검을 휘둘렀다.

휘둘렀지만, 그의 검은 곤의 옷자락 하나 자르지 못했다. 리토스 자작의 눈앞에서 곤이 사라졌다. 곤이 어떻게 움직이는지 그는 아예 감도 잡지 못했다.

"이런 제길."

리토스 자작은 보지 않고 검을 뒤쪽으로 휘둘렀다. 보통은 이렇게 하면 맞는데……. 그의 예상은 또다시 빗나갔다.

퍽!

어느새 리토스 자작의 앞에 나타난 곤은 발로 그의 배를 찼다.

"크흑."

리토스 자작은 검을 놓치고는 배를 움켜잡고 바닥에 쓰러졌다.

곤은 리토스 자작의 머리채를 잡고서 연무장 끝으로 질질 끌고 갔다. 연무장 곁에서 사람들을 공포로 몰아넣었던 망령들은 제한시간이 다 돼 사라지고 보이지 않았다.

"으으악, 놔라. 이 비겁한 자식. 놔라! 죽여 버릴 테다! 죽여 버릴 것이야!"

곤은 헤즐러의 앞에 리토스 자작을 던졌다. 리토스 자작은 꼴사납게 흙바닥을 뒹굴었다.

눈앞에 쓰러진 리토스 자작을 보며 헤즐러는 묘한 감정에 휩싸였다.

오늘 전까지만 하더라도 항상 고압적인 자세를 유지하던 리토스 자작. 말만 친척이지 원수보다 악질인 사내였다. 이자로 인해서 헤즐러는 거의 모든 것을 잃었다.

그런 그가 눈앞에서 흙바닥에 뒹굴고 있는 것이다.

"헤즐러."

곤이 헤즐러를 불렀다.

"네? 네, 사부님."

곤은 헤즐러의 앞에 단검을 던졌다.

헤즐러는 단검을 주운 후 곤을 올려다보았다. 이것으로 무엇을 하냐는 표정이었다.

"놈의 목을 따라."

"네?"

곤은 연무장에서 뛰어내린 후 리토스 자작의 등을 밟았다. 리토스 자작이 욕설을 하면서 발버둥을 쳤지만 꼼짝도 할 수가 없었다. 그 역시 곤이 하는 말을 들었다. 조금 전까지 그는 곤에 대한 증오로 가득했지만, 증오는 순식간에 두려움으로 바뀌었다.

"사, 살려줘. 뭐든 할 테니까, 제발 살려줘."

"너는 입 닥치고 있어. 혀를 뽑아버리기 전에. 자, 헤즐러. 이리 와서 이놈의 목을 잘라라."

헤즐러는 단검을 들고 온몸을 부들부들 떨었다. 소년의 입장에서 사람이 죽는 것만 봐도 큰 충격이었다. 지금껏 그가 자리에 앉아 있을 수 있었던 것은 영주라는 의무감 때문이었다.

한데, 사람의 목을 자르라니.

머릿속이 하얗게 변하고, 당장에라도 검을 놓고 도망을 치고 싶었다.

"지금 무슨 소리를 하는 거요. 영주님에게 살인을 하라니."

보다 못한 스톤이 앞으로 나와 헤즐러의 앞을 가로막았다.

"비키세요. 영주가 아닌 제자와 얘기 중입니다."

"하지만!"

스톤이 뭔가 한마디를 더 하려고 했지만, 헤즐러가 그의 앞으로 나와 말을 이을 수가 없었다. 그 짧은 시간 동안 헤즐러는 침착함을 되찾았다.

"죽일 준비가 됐느냐."

헤즐러는 고개를 흔들었다.

"아니요."

"약자가 가져야 할 덕목이 뭐라고 했지?"

"용기입니다."

"또 하나를 첨가하지. 약자가 권력을 가졌다면, 살아남기 위해서라도 공포를 이용할 줄 알아야 한다."

"공포……."

"이리 와서 이자의 목을 잘라라. 그럼 너는 진정한 두려움에 대해서 알게 된다. 두려움을 알게 되면 그것을 이용할 수 있는 방법도 터득한다."

"언젠가… 언제가 저도 사람을 죽이게 되겠죠. 하지만 지금은 아니라고 생각해요. 사람을 죽일 때만큼은 제가 선택하게 해주세요."

곤은 그런 헤즐러를 보며 씨익 웃었다.

"네가 살인마랑 뭐가 달라? 나는 최소한의 도덕은 지켰다고!"

리토스 자작이 외쳤다.

"살인마라… 그래, 네 입장에서는 나는 살인마일 수도 있겠군. 잘 가라."

그는 곧바로 발바닥 아래서 버둥거리고 있는 리토스 자작의 목을 반대로 꺾어버렸다.

리토스 자작은 혀를 길게 늘어뜨린 채 즉사했다.

곤은 헤즐러에게 말했다.

"잘했다는 말은 하지 않겠다. 그것 역시 네가 선택해야 할 몫. 이제 너는 네 의지에 따라 선택을 할 수 있는 위치까지 성장했구나. 좋다. 너는 네 의지로 미래를 만들어라. 나는 너의 검이 되어주마. 네가 만드는 세상, 지켜봐 주겠다."

곤은 다시 고개를 돌려 노을이 지는 하늘을 바라봤다.

"…호랑이를 불러들였다. 아직 끝난 것이 아니야."

『마도신화전기』 8권에 계속…